馬和之等 書·畫

詩經

商務印書館

目錄

一

一人的機鋒，多人的智慧

◆朱自清

詩的源頭是歌謠。上古時候，沒有文字，只有唱的歌謠，沒有寫的詩。一個人高興的時候或悲哀的時候，常願意將自己的心情訴說出來，給別人或自己聽。日常的言語不夠勁兒，便用歌唱；一唱三歎的叫別人迴腸蕩氣。唱歎再不夠的話，便手也舞起來了，腳也蹈起來了，反正要將勁兒使到了家。碰到節日，大家聚在一起酬神作樂，唱歌的機會更多。或一唱眾和，或彼此競勝。傳說葛天氏的樂八章，三個人唱，拿着牛尾，踏着腳，似乎就是描寫這種光景的。歌謠越唱越多，雖沒有書，卻存在人的記憶裏。有了現成的歌兒，就可借他人酒杯，澆自己塊壘；隨時揀一支合式的唱唱，也足可消愁解悶。若沒有完全合式的，盡可刪一些、改一些，到稱意為止。流行的歌謠中

朱自清是誰？

朱自清（1898—1948），原名自華，字佩弦，號秋實，江蘇東海人，中國現代著名散文家、詩人。主要作品有詩文集《蹤跡》、散文集《背影》、《歐遊雜記》等。

往往不同的詞句並行不悖，就是為此。可也有經過眾人修飾，成為定本的。歌謠真可說是「一人的機鋒，多人的智慧」了。

歌謠可分為徒歌和樂歌。徒歌是隨口唱，樂歌是隨着樂器唱。徒歌也有節奏，手舞足蹈便是幫助節奏的；可是樂歌的節奏更規律化些。樂器在中國似乎早就有了，《禮記》裏說的土鼓土槌兒、蘆管兒，也許是我們樂器的老祖宗。到了《詩經》時代，有了琴瑟鐘鼓，已是洋洋大觀了。歌謠的節奏，最主要是靠重疊或復沓；本來歌謠以表情為主，只要翻來覆去將情表到了家就成，用不着費話。重疊可以說是歌謠的生命，節奏也便建立在這上頭。字數的均齊，韻腳的調協，似乎是後來發展出來的。有了這些，重疊才在詩歌裏失去主要的地位。

有了文字以後，才有人將那些歌謠記錄下來，便是最初寫的詩了。但記錄的人似乎並不是因為欣賞的緣故，更不是因為研究的緣故。他們大概是些樂工，樂工的職務是奏樂和唱歌；唱歌得有詞兒，一面是口頭傳授，一面也就有了唱本兒。歌謠便是這麼寫下來的。我們知道春秋時的樂工就和後世闊人家的

《禮記》是本甚麼樣的書？

《禮記》是稽考中國儒家思想和先秦時期禮儀制度的一部重要典籍，與《周禮》、《儀禮》合稱「三禮」。《禮記》相傳為孔子弟子及後來學者所記。後經戴德、戴聖二人收集整理，故又有《大戴禮記》、《小戴禮記》之稱，《小戴禮記》即今日通行的《禮記》。《禮記》共二十卷四十九篇，內容廣博，包括政治學、倫理學、教育學、哲學、農學等，是研究上古社會生活特別是儒家思想的重要資料。

歌舞伎陶俑

戲班子一樣，老闆叫作太師。那時各國都養着一班樂工，各國使臣來往，宴會時都得奏樂唱歌。太師們不但得搜集本國樂歌，還得搜集別國樂歌。不但搜集樂詞，還得搜集樂譜。那時的社會有貴族和平民兩級。太師們是伺候貴族的，所搜集的歌兒自然得合貴族們的口味；平民的作品是不會入選的。他們搜得的歌謠，有些是樂歌，有些是徒歌。徒歌得合樂才好用。合樂的時候，往往得增加重疊的字句或章節，便不能保存歌詞的原來樣子。除了這種搜集的歌謠以外，太師們所保存的還有貴族們為了特種事情，如祭祖、宴客、房屋落成、出兵、打獵等等作的詩。這些可以說是典禮的詩。又有諷諫、頌美等等的獻詩；獻詩是臣下作了獻給君上，準備讓樂工唱給君上聽的，可以說是政治的詩。太師們保存下這些唱本兒，帶着樂譜；唱詞兒共有三百多篇，當時通稱作「詩三百」。到了戰國時代，貴族漸漸衰落，平民漸漸抬頭，新樂代替了古樂，職業的樂工紛紛散走。樂譜從此就亡失，但是還有三百來篇唱詞兒流傳下來，便是後來的《詩經》了。

「詩言志」是一句古話，「詩」這個字就是「言」「志」兩

《左傳》是本甚麼樣的書？

《左傳》原名《左氏春秋》，相傳為戰國時期魯國史官左丘明所作。後人將它配合《春秋》作為解經之書，稱《春秋左氏傳》，簡稱《左傳》。它與《春秋公羊傳》、《春秋穀梁傳》合稱「春秋三傳」。《左傳》實質上是一部獨立撰寫的史書，系統而具體地記述了春秋時期各國的政治、軍事、外交等方面的重大事件。

個字合成的。但古代所謂「言志」和現在所謂「抒情」並不一樣；那「志」總是關聯着政治或教化的。春秋時通行賦詩。在外交的宴會裏，各國使臣往往得點一篇或幾篇詩叫樂工唱。這像現在的請客點戲，不同處是所點的詩句必加上政治的意味。這可以表示這國對那國或這人對那人的願望、感謝、責難等等，都從詩篇裏斷章取義。斷章取義是不管上下文的意義，只將一章中一兩句拉出來，就當前的環境，作政治的暗示。如《左傳》襄公二十七年，鄭伯宴晉使趙孟於垂隴，趙孟請大家賦詩，他想看看大家的「志」。子太叔賦的是《野有蔓草》。原詩首章云：「野有蔓草，零露漙兮。有美一人，清揚婉兮。邂逅相遇，適我願兮。」子太叔只取末兩句，藉以表示鄭國歡迎趙孟的意思，上文他就不管。全詩原是男女私情之作，他更不管了。可是這樣辦正是「詩言志」；在那回宴會裏，趙孟就和子太叔說了「詩言志」這句話。

到了孔子時代，賦詩的事已經不行了，孔子卻採取了斷章取義的辦法，用詩來討論做學問做人的道理。「如切如磋，如琢如磨」，本來說的是治玉，將玉比人。他卻用來教訓學生做

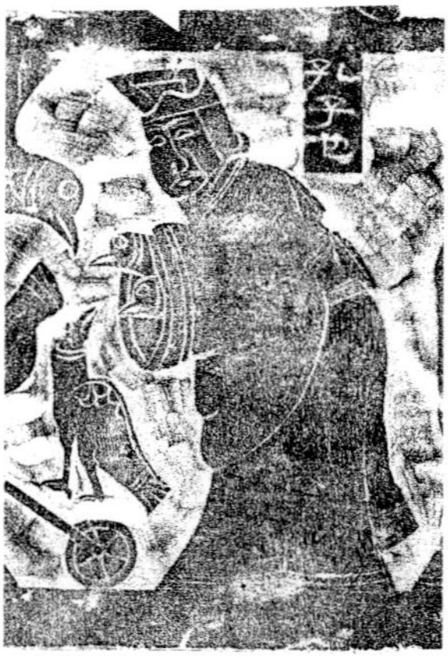

孔子畫像

何謂「四書五經」？

所謂「四書」指《論語》、《孟子》、《大學》、《中庸》；「五經」指《詩經》、《尚書》、《禮記》、《易經》、《春秋》。加上已失傳的《樂》即儒家所謂的「六經」。「四書五經」內容涉及文學、史學、哲學、政治、經濟、教育、倫理、道德、天文地理、藝術科技等各個方面，是古代中國社會正統文化儒家思想的核心著作，也是古代科舉考試必讀典籍。

學問的工夫。「巧笑倩兮，美目盼兮，素以為絢兮」，本來說的是美人，所謂天生麗質。他卻拉出末句來比方作畫，說先有白底子，才會有畫，是一步步進展的；作畫還是比方，他說的是文化，人先是樸野的，後來才進展了文化——文化必須修養而得，並不是與生俱來的。他如此解詩，所以說「思無邪」一句話可以包括「詩三百」的道理；又說詩可以鼓舞人，聯合人，增加閱歷，發泄牢騷，事父事君的道理都在裏面。孔子以後，「詩三百」成為儒家六經之一，《莊子》和《荀子》裏都說到「詩言志」，那個「志」便指教化而言。

但春秋時列國的賦詩只是用詩，並非解詩；那時詩的主要作用還在樂歌，因樂歌而加以借用，不過是一種方便罷了。至於詩篇本來的意義，那時原是很明白，用不着討論。到了孔子時代，詩已經不常歌唱了，詩篇本來的意義，經過了多年的借用，也漸漸含糊了。他就按着借用的辦法，根據他教授學生的需要，斷章取義的來解釋那些詩篇。後來解釋《詩經》的儒生都跟着他的腳步走。最有權威的毛氏《詩傳》和鄭玄《詩箋》差不多全是斷章取義，甚至斷句取義——斷句取義是在一句、兩句裏拉出一兩個字來發揮，比起斷章取義，真是變本加厲了。

毛氏有兩個人：一個毛亨，漢時魯國人，人稱謂大毛公，一個毛萇，趙國人，人稱為小毛公；是大毛公創始《詩經》的註解，傳經小毛公，在小毛公手裏完成的。鄭玄是東漢人，他是專給毛《傳》作《箋》的，有時也採取別家的解說；不過別家的解說在原則上也還和毛氏一鼻孔出氣，他們都是以史證詩。他們接受了孔子「無邪」的見解，又摘取了孟子的「知人論世」的見解，以為用孔子的詩的哲學，別裁古代的史說，拿來證明那些詩篇是甚麼時代作的，為甚麼事作的，便是孟子所謂「以意逆志」。其實孟子所謂「以意逆志」倒是書要看全篇大意，不可拘泥在字句上，與他們不同。他們這樣猜出來的作詩人的志，自然不會與作詩人相合，但那種志倒是關聯着政治教化而與「詩言志」一語相合的。這樣的以詩證詩的思想，最先具體的表現在《詩序》裏。

《詩序》有《大序》、《小序》。《大序》好像總論，託名子夏，說不定是誰作的。《小序》每篇一條，大約是大、小毛公作的。以史證詩，似乎是《小序》的專門任務；傳裏雖也偶

詩經為何又稱「毛詩」？

秦焚書坑儒，《詩》幾失傳，漢代傳《詩》者四家：齊之轅固、魯之申培、燕之韓嬰、趙之毛萇。或取國名，或取姓氏，而簡稱齊、魯、韓、毛四家。東漢儒學大師鄭玄為《毛詩》作箋，學習《毛詩》的人逐漸增多，其後三家詩亡，獨《毛詩》得大行於世。故今天通行的《詩經》，又稱「毛詩」。

然提及，卻總以訓詁為主，不過所選的字義，意在助成序說，無形中有個一定方向罷了。可是《小序》也還是泛說的多，確指的少。到了鄭玄，才更詳密的發展了這個條理。他按着《詩經》中的國別和篇次，系統的附合史料，編成了《詩譜》，差不多給每篇詩確定了時代；《箋》中也更多的發揮了作為各篇詩的背景和歷史。以史證詩，在他手裏算是集大成了。

《大序》說明詩的教化作用；這種作用似乎建立在風、雅、頌、賦、比、興，所謂「六義」上。《大序》只解釋了風、雅、頌。說風是風化（感化）、諷刺的意思，雅是正的意思，頌是形容盛德的意思。這都是按着教化作用解釋的。照近人的研究，這三個字大概都從音樂得名。風是各地方的樂調，《國風》便是各國土樂的意思。雅就是「烏」字，似乎描寫這種樂的嗚嗚之音。雅也就是「夏」字，古代樂章叫作「夏」的很多，也許原是地名或族名。雅又分《大雅》、《小雅》，大約也是樂調不同的緣故。頌就是「容」字，容就是「樣子」；這種樂連歌帶舞，舞就有種種樣子了。風、雅、頌之外，其實還該有個「南」。南是南音或南調，《詩經》中的《周南》、《召南》

的詩，原是相當於現在河南、湖北一帶地方的歌謠。《國風》舊有十五，分出二南，還剩十三；而其中邶、鄘兩國的詩，現經考定，都是衛詩，那麼只有十一《國風》了。頌有《周頌》、《魯頌》、《商頌》，《商頌》經考定實是《宋頌》。至於搜集的歌謠，大概是在二南、《國風》和《小雅》裏。

賦、比、興的意義，說數最多。大約這三個名字原都含有政治和教化的意味。賦本是唱詩給人聽，但在《大序》裏，也許是「直鋪陳今之政教善惡」的意思。比、興都是《大序》所謂「主文而譎諫」；不直陳而用譬喻叫「主文」，委婉諷刺叫「譎諫」。說的人無罪，聽的人卻可警誡自己。《詩經》裏許多譬喻就在比興的看法下，斷章斷句的硬派作政教的意義了。比、興都是政教的譬喻，但在詩篇發端的叫作興。《毛傳》只在有興的地方標出，不標賦、比；想來賦義是易見的，比、興雖都是曲折成義，但興在發端，往往關係全詩，比較更重要些，所以便特別標出了。《毛詩》標出的興詩，共一百十六篇，《國風》中最多，《小雅》第二；按現在說，這兩部分搜集的歌謠多，所以譬喻的句子也便多了。

二

讀詩・賞書・品畫

◆顧隨

詩經談片

《詩》有六義：風、雅、頌，賦、比、興。前三項，《詩》之性質；後三項，《詩》之作風（法）。

詩人富幻想者好用比，如李白；老杜偏於賦，皇皇大篇，直陳其事，故有「詩史」之稱。太白號稱仙才，以其富於幻想、聯想；天才，多用比也。其實，興，湊韻而已，沒講兒。「小螞蚱，土裏生。前腿爬，後腿蹬。長上翅，翅棱棱。」——賦也。「小板凳，朝前移，爹爹喝酒娘陪着。」——興也。興只有兒歌中保有的最古、最幼稚。

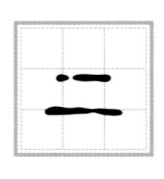

顧隨是誰？

顧隨（1897—1960），字羨季，別號苦水，晚號駝庵，河北清河縣人，中國現代著名學者。畢業於北京大學，終身執教並從事學術研究，尤其在中國古典詩歌研究方面成就卓著。著有《稼軒詞說》、《東坡詞說》、《元明殘劇八種》等。

詩有敘事、寫景、抒情。

抒情詩最易寫。「國風」中亦以抒情詩為多，無論其寫得美麗或沉痛。美麗可感動人之感覺，沉痛可感動人之感情。

寫景：大自然，風月、山水，原是美的。寫景亦可寫得美麗沉痛，景中有情。

最難寫的是敘事的詩。難於寫得美，因少幻想。如白居易《長恨歌》，自開始至貴妃死都寫得不好，勉強湊合，幾不成詩。至「忽聞海上有仙山」才寫得好了。「上窮碧落下黃泉，兩處茫茫皆不見」，頗有老杜氣概。較為自在從容，因此乃幻想，故易寫。此外就是「傳奇」的，也易寫得好。如《琵琶行》，雖無《長恨歌》之奇情壯彩，而尚能動人，便因其為「傳奇」的。（傳奇，此乃翻譯，實應為浪漫的Romantic，非真實的。）其不同於幻想者，幻想是鬼神的，傳奇是人事的，而二者有一相同點，即：全為非真實的。

《詩經·豳風·七月》真是一篇傑作。唯有《七月》一類詩難寫，沒有一點幻想色彩，也沒有一點傳奇色彩，全是真實的，故難寫成詩。

所謂難寫，並非不能寫；難，是我們才力不到。天地間事物沒有不能寫成詩的。《七月》所寫是老百姓平常人的平常生活，難寫而寫出來了，而且寫的是詩；不是日記，不是有韻散文，不是賬本子。（我們寫日常生活，不是日記，便是記賬。）

同時，《七月》又是非個人的。《琵琶行》、《長恨歌》皆有主人翁，是個人的。老杜名為「詩史」，但如其《北征》、《奉先詠懷》，亦嫌其個人色彩太重，從其個人描寫中可看出別人亂離生活，雖然如此，但究竟是以自我作中心，少普遍性。普遍性令人想到近代所謂「集團」。近代作家提倡集團，但其作品仍是偏重個人而非集團性的。《七月》真是集團性的，不是寫的一兩個人，是寫豳地所有人民。

再其次，《七月》是平凡的，這與真實相近而實不同。歷史上許多真實事並不平凡。洋車夫的生活是平凡，也是真實。最要者，真實中還要有韻味，餘味不盡。寫「集團」，難的是調和，在團體中找出共同性；平凡是難於寫得偉大（神秘）。《琵琶行》是商人婦，《長恨歌》是楊玉環，而《七月》是亟地所有人民，比前二者偉大。

同時，《七月》又寫出中國人民之樂天性，這是好是壞很難説。如天真是好的，而天真是幼稚；坦白是好的，坦白是浮淺。中國人易於滿足現實，這就是樂天。樂天是保守，不長進；而樂天自有其偉大在，不是説它消極保守，是從積極上説，人必在自己職業中找到樂趣，才能做得好，有成就。《七月》寫人民生活，不得不謂之勤勞，每年每月都有事，而他們總是高高興興的。這樣的民族是有希望的，不會滅亡的。

《七月》從頭至尾是男性的詩，硬性的，陽剛，力的表現。力即美，但分言之，力與美又為二者，只言美偏於優美。但《七月》中僅第二章三章音節柔和調諧、優美、女性美。這一章先用陽聲韻，接着是後世的「四支」「五微」韻，細聲，是對比。前半宏大，後半纖細，前半偏動，後半偏靜。第一章前半言衣是顯説，後半言食是隱説，顯隱之別是文字上的；第二章動靜之別是音節上的。《七月》作者是男性，陽剛，但第二章寫女性美寫得真好，把女性的感覺感情都寫出來了。但一起兩句「七月流火，九月授衣」放在這裏真不調和；此是「興」也。此二句在第一章是「賦」，在第二章是「興」，以此二句引出以下九句。第三章「七月流火，九月授衣」二句「賦」與「興」皆而有之。

清代牛運震《詩志》言《七月》，一、「平平常常，癡癡鈍鈍」，二、「充悅和厚」，三、「典則古雅」，「此一詩而備三體，又一詩中藏無數小詩，真絕大結構也。」

充，充滿之意，誠於中形於外，內心充滿則所表現自是悅，「充悅」，真好，真無虛擬。「充悅和厚，典則古雅」，中國舊美學之高處便在此。

寫長一點的作品，必須一大段中分若干小段，分之則清清楚楚，合之則渾然無跡，天衣無縫。創作必要做到此地步。若一大段糊裏糊塗，分不出小段，則寫的沒法寫，讀的也沒法讀；然若能分不能合，零零碎碎也不成，合之要異常完密。但牛氏未言其何以能一詩中藏數小詩（分之清清楚楚，合之天衣無縫），此便因《七月》所寫是團體，只寫個人總差。《七月》人多、時多、事多，因而一詩內許多小詩。

寫詩寫長篇，必寫敘事詩不可，抒情詩還是短了好。《七月》八章，章十一句；《豳風．鴟鴞》四章，章五句，即因《七月》是敘事的，《鴟鴞》是抒情的。而且《七月》是集團的，《鴟鴞》是個人的。《鴟鴞》詩人以鳥比人，且以自己比為一鳥。

《七月》是集團的，《鴟鴞》是個人的，不以是分大小。但一般理論皆以為集團的是偉大的，個人的是渺小的。《七月》是我國上古團體的、實際的生活。我們儘管以新文學眼光去看《七月》，仍有其價值在。而《鴟鴞》也與現在時代相合，仍是活鮮鮮的。實則《鴟鴞》、《七月》二者半斤八兩相等，若有畸輕畸重之見，則不免有所偏。（偏個人者以為《七月》瑣碎、亂；偏集團者以為《鴟鴞》無用，叫喚叫喚就完了。）

《七月》寫農人，而《豳風．東山》是戰爭後軍隊復原之作。「我徂東山」，我雖是個人，同時也代表全體。《七月》純乎集團，《鴟鴞》純乎個人，《東山》寫集團中有小我，小我中有集團。

《東山》共四章，每章前四句皆相同——「我徂東山，慆慆不歸。我來自東，零雨其濛。」——真好。

第三章「自我不見，於今三年」，字形上筆畫少，語言上句子白話，而讀後在人心裏盤桓不已。這是真正白話，真寫得好。現在白話文一發展便走向古典派裏去了，便走入「自殺」之路。

「變雅」乃亂世之音。《詩經》「風」、「雅」中只正風正雅（治世之音）始表現溫柔敦厚，中正和平。「變風」、「變雅」雖《三百篇》亦不能溫柔敦厚，正如老實人遇到不共戴天之仇也會殺人放火。

《小雅》末一篇第一句便是「何草不黃」，這句真好，可是表現亂離不如《苕之華》：

苕之華，芸其黃矣。心之憂矣，維其傷矣。
苕之華，其葉青青。知我如此，不如無生。
牂羊墳首，三星在罶。人可以食，鮮可以飽。

首章三「矣」字，很纏綿。次章節奏急促。詩人以自我為出發點，「憂」是薄的淺的，「傷」是深是厚的，憂可以忍受，傷便不可忍受。「知我如此，不如無生」，小我；「人可以食，鮮可以飽」，由小我推及人羣。

依毛氏所分，《小雅》中《鹿鳴》、《南有嘉魚》、《鴻雁》之什，多酬酢宴飲樂歌，有佳作，亦仍為中正和平溫柔敦厚之音，自《節南山》之後，乃有所謂「變雅」之音（亂世之音）。《鴻雁》之什中的《黃鳥》篇，但為羈旅之詞，非亂世之音。

《小雅．正月》首章用三「憂」字，「我心憂傷」、「憂心京京」、「癙憂以痒」，後之詩人不敢如此用。

文學上以用字重複而成功者是「楚辭」之《離騷》，重複中有其價值在。

《正月》是字的重複，句法不重複。意思總之是憂，而有深淺層次之分。

何謂「楚辭」？

楚辭是戰國時期產生於中國南方的詩歌，作品運用楚地的文學形式和方言聲韻，具有濃厚的地方色彩，故名楚辭。楚辭以其創始人屈原的作品成就最高，代表作有《離騷》、《九歌》、《天問》。

中國人最敬者天地，最親者父母。對此只有讚美，沒有怨惡。而《小雅》之《節南山》怨天，《正月》怨父母，此與常情不合，是越常規。由此方知「我心」之「憂傷」。

《小雅．十月之交》是圓的，孟德詩不圓。恐怖詩頗難寫得圓美，東方美以圓為最。恐怖而寫得圓美者，唯《十月之交》三章。

恐怖一般不能寫得圓美，但詩人能，因為他是非常人。

詩中寫愉快者少，《三百篇》尚有，後人便不能寫了。詩寫傷感者最多，傷感如傷風，最易傳染，詩人最愛做此。

詩中寫驚悸者少，《三百篇》真寫得好，波瀾起伏。

《三百篇》好，而苦於文字障，先須打破文字障，才能了解其詩之美。

（《詩經談片》一文由顧隨講、葉嘉瑩筆記、顧之京整理）

馬和之《詩經圖》書畫賞

◆張　彬

《詩經》是中國最早的一部詩歌總集，分為風、雅、頌三大類，共三百零五篇。漢代以後成為儒家必讀的經典。據元代夏文彥《圖繪寶鑒》記載，南宋皇帝高宗趙構、孝宗趙昚曾親自書寫《詩經》，並命當時著名畫師馬和之補圖，使詩歌內容形象化，用以宣揚「禮樂教化」。

馬和之，南宋畫家。錢塘（今浙江杭州）人，生卒年不詳。南宋高宗紹興年間（1131—1162）中登進士第，官工部侍郎，擅畫山水、人物。山水喜用捲雲皴，筆墨輕重緩急不盡相同，畫面或莊嚴隆重、或恬靜閒適、或生動活潑、或寓靜於動、動中有靜；人物形象質樸生動，衣紋均用下筆重出筆的蘭葉描。元代湯垕《畫鑒》云：「馬和之作人物甚佳，行筆飄逸，時人目為小吳生（吳生指唐代吳道子）。」但馬和之筆下的線條較為疏鬆，偶有縝密，這與吳道子的嚴謹還是有別的，給人

吳道子為何被尊為「畫聖」？

吳道子（約686—760前後），又名道玄，畫史尊稱吳生。唐代陽翟（今河南禹縣）人。擅畫佛道、神鬼、人物、山水、鳥獸、草木、樓閣等。蘇軾讚其畫「出新意於法度之中，寄好理於豪放之外」。其山水畫有變革之功，所畫人物衣褶飄舉，線條遒勁，具有天衣飛揚，滿壁風動的效果，被譽為「吳帶當風」。他還於焦墨線條中，略施淡彩，世稱「吳裝」。作畫線條簡練，「筆才一二，象已應焉」，有「疏體」之稱。吳道子的繪畫對後世影響極大，被尊為「畫聖」，民間畫工尊其為祖師。

以清俊閒雅之感。今存世之馬和之《詩經圖》（包括傳馬和之所作）約計十六種，二十二卷，分藏於故宮博物院、上海博物館、遼寧省博物館、廣西壯族自治區博物館及香港、日本、美國、英國等地的博物館。其中故宮收藏有《豳風》卷、《唐風》卷、《小雅鹿鳴之什》卷、《小雅節南山之什》卷、《周頌閔予小子》卷等。

故宮藏《詩經圖》均為長卷式，採用「一文一圖」裝裱形式，依《詩經》原詩順序楷書「風、雅、頌」各部分詩文，後配相應的詩意圖。構圖多以樹石為邊框，中央區域穿插人物故事情節。雖然大部分藏品在《庚子消夏記》、《大觀錄》、《墨緣彙觀續錄》、《石渠寶笈續編》、《石渠隨筆》等書中均有收錄，但這些《詩經圖》究竟出自誰手，素有爭議。學者徐邦達認為，故宮所藏之《詩經圖》中《小雅鹿鳴之什》卷與《小雅節南山之什》卷應為一等品，有可能是馬和之真跡，其他藝術水平在馬和之《後赤壁賦圖》卷及這二件之下者，應是當時御畫院中畫師仿作。《小雅節南山之什》圖卷依原詩順序列繪《節南山》、《正月》、《十月之交》、《雨無正》、《小旻》、

詩經圖

依《節南山之什・小弁》繪。畫面上水邊蘆葦叢生，小鹿俯首飲水，水中石上有雉雞一隻，遠處孤舟一葉，寒鴉於林間盤桓。畫面淒涼景象與詩文表現賢臣被拋棄後孤獨哀傷的心境相同。

《小宛》、《小弁》、《巧言》、《何人斯》、《巷伯》。《節南山》圖取詩中「節彼南山，維石巖巖」句意，繪高山深壑，瀑布急流；《正月》取詩中「正月繁霜，我心憂傷」句意，繪霜多寒苦，柳樹低垂、荷塘凋零；《十月之交》取詩中「日有食之，亦孔之醜」句意，繪河岸邊林木凋殘，峰上四人遠望亂雲翻滾，紅日將蔽。整幅圖卷用筆瀟灑，不追求形似，山、石、樹、草尤為明顯，人物衣紋工整之間見生動飄逸之感。

至於《詩經圖》中傳為高、孝二帝的書法，徐邦達在其《傳高宗趙構孝宗趙昚書馬和之畫〈毛詩〉卷考辨》一文中亦有詳盡考證。宋高宗趙構，字德基，晚自號損齋，年號建炎、紹興，在位三十六年。宋代王應麟《玉海》一書講到高宗先後採用的書體，「高宗龍飛之初，頗喜黃庭堅體格，後又採米芾，已而並置不用，專意羲、獻父子。」其楷書如《徽宗御集序卷》、跋《曹娥碑》，草書《後赤壁賦》卷，筆法圓勁、結體嚴謹、行氣韻勝、風格高雅。孝宗趙昚，書承高宗，存世作品不多。從《詩經圖》上的書法看，字體應是習王之楷體作為樣板，雖大體接近高宗的書風，個別字的結體和點畫特徵，與真跡相比，差別不大，但其用筆均較尖薄而失醇厚，實僅得貌似而已。且各卷書法質量亦參差不齊，字的結體、點畫、用筆與真跡相比各有所別，有的僅得貌似，有的連形模亦不具備，筆法均薄、弱。卷後亦無真高、孝「御書之寶」印記。故《詩經圖》上的書法應非高宗、孝宗真跡，亦不似出於一人之手，應是當時御書院中各書手所為。

《詩經圖》卷中的書法用字，還有一點值得注意，即很多字都有省略筆畫的現象。這與中國古代書寫用字須避皇帝諱有關。如《七月》中的「筐」缺末二筆、「萑」缺末筆，分別是宋太祖「匡」、宋欽宗「桓」之名諱。

古人為甚麼要避諱？

避諱是中國古代特有的一種文化現象，即人們在說話或寫文章時，為示尊敬，遇到應該忌諱的人物的名字時，必須設法避開，或用音同或音近的字來代替，或缺省筆劃、或空此字。人物姓名的避諱，主要有三種，一種是皇帝的名字；一種是父母或祖父母的名字；一種是周公、孔子一類聖人的名字。其中避皇帝諱最為嚴格，甚至皇帝本人也必須遵循。

「弘」（缺末筆）

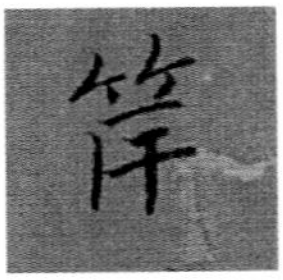

「筐」（缺末二筆）

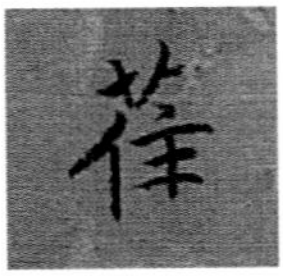

「萑」（缺末筆）

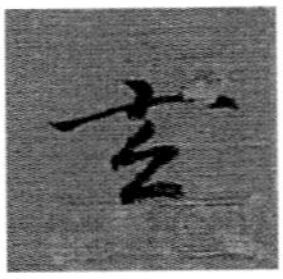

「玄」（缺末筆）

（本文作者是故宮博物院古書畫專家）

三

《詩經》片斷賞與讀

閱讀如飲食，有各式各樣：

一目十行，匆匆一瞥，是獲取信息的速讀，補充熱量的快餐，

然不免狼吞虎嚥；

口誦手書，細嚼慢嚥，品嚐箇中三味，

是精神不可或缺的滋養，原汁原味的享受。

以書法真跡解構文學經典，目光在名篇與名跡中穿行，

從容體會一字一句的精髓，充分汲取大師的妙才慧心，

領略閱讀的真趣。

豳風・七月

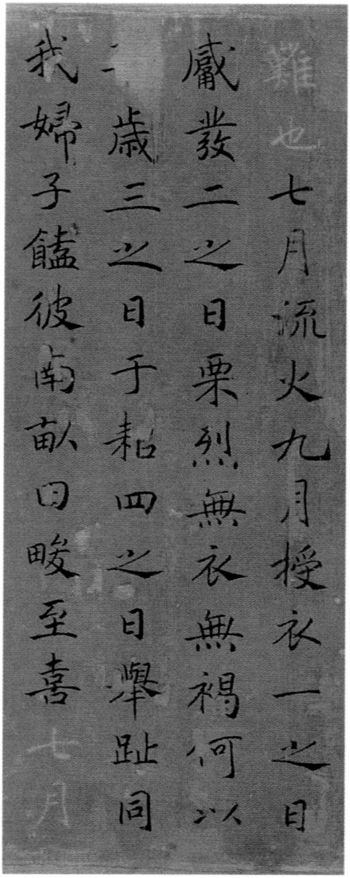

原詩

七月流火①，九月授衣②。一之日觱發③，二之日栗烈④，無衣無褐，何以卒歲！三之日於耜⑤，四之日舉趾，同我婦子，饁彼南畝⑥。田畯⑦至喜。

詩句導賞

這詩敘述農人全年的勞動。絕大部分的勞動是為公家的，小部分是為自己的。詩共分八章。第一章從歲寒寫到春耕開始。第二章寫婦女蠶桑。第三章寫布帛衣料的製造。第四章寫獵取野獸。第五章寫一年將盡，為自己收拾屋子過冬。第六章寫採藏果蔬和造酒，這都是為公家的。為自己採藏的食物是瓜瓠麻子苦菜之類。第七章寫收成完畢後為公家做修屋或室內工作，然後修理自家的茅屋。末章寫鑿冰的勞動和一年一次的年終宴飲。

註釋

① 火，古讀如「毀」，或稱大火，星名，即心宿。每年夏曆五月，黃昏時候，這星當正南方。過了六月就偏西向下了，這就叫做「流」。

② 授衣，將裁製冬衣的工作交給女工。

③ 一之日，十月以後第一個月的日子。以下「二之日」、「三之日」等仿此。觱發，大風觸物聲。

④ 栗烈，或作「凜冽」，形容氣寒。

⑤ 於，猶「為」。為耜，修理耕田用的耒耜。

⑥ 饁，饋送食物。畝，田身。田耕成若干壟，高處為畝，低處為甽。

⑦ 農官名，又稱農正或天大夫。

白話語譯

七月火星向西沉，九月人家寒衣分。
冬月北風叫得尖，臘月寒氣添，
粗布衣裳無一件，怎樣挨過年！
正月裏修耒頭，二月裏忙下田，
女人孩子一齊幹，送湯送飯上壟邊。
田官老爺露笑臉。

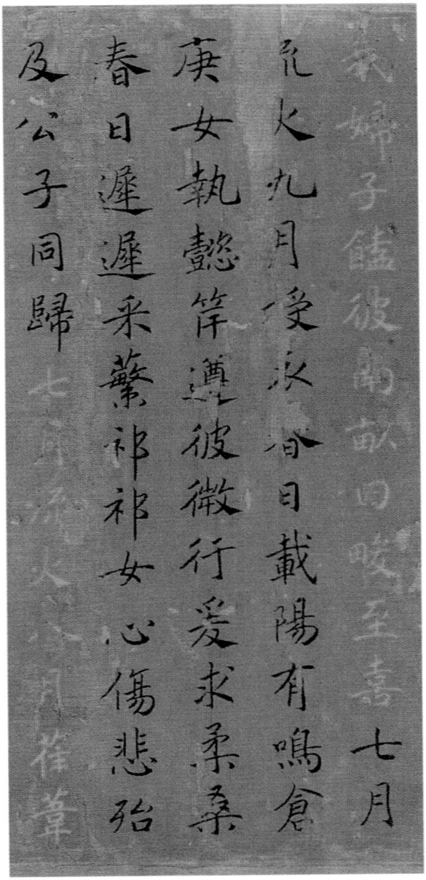

原詩

七月流火，九月授衣。春日載陽⑧，有鳴倉庚⑨。女執懿筐⑩，遵彼微行⑪，爰求柔桑。春日遲遲⑫，采蘩祁祁⑬。女心傷悲，殆及公子同歸⑭。

註釋

⑧ 春日，指二月。載，始。陽，溫暖。
⑨ 倉庚，鳥名，即黃鶯。
⑩ 懿筐，深筐。
⑪ 微行，小徑（桑間道）。
⑫ 遲遲，天長的意思。
⑬ 蘩，菊科植物，即白蒿。古人用於祭祀。一說用蘩「沃」蠶子，則蠶易出。祁祁，眾多。
⑭ 公子，指國君之子。一說指怕被女公子帶去陪嫁。

白話語譯

七月火星向西沉，九月人家寒衣分。
春天裏好太陽，黃鶯兒叫得忙。
姑娘們拿起高筐筐，走在小路上，去採養蠶桑。
春天裏太陽慢悠悠，白蒿子採得夠。
姑娘們心裏正發愁，怕被公子帶了走。

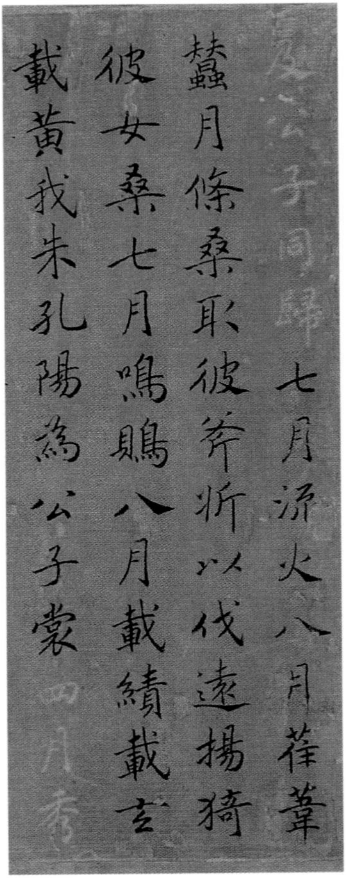

原詩

七月流火，八月萑葦⑮。蠶月條桑⑯，取彼斧斨，以伐遠揚⑰，猗彼女桑⑱。七月鳴鵙⑲，八月載績。載玄載黃，我朱孔陽⑳，為公子裳。

註釋

⑮ 萑葦，蘆類，可以做箔。

⑯ 蠶月，指三月。條桑，指修剪桑樹。

⑰ 遠揚，指長得太長而高揚的枝條。

⑱ 猗，《説文》、《廣雅》作「掎」，牽引。掎桑，是用手拉着桑枝來採葉。女桑，小桑。

⑲ 鵙，音「決」，鳥名，即伯勞。

⑳ 朱，赤色。陽，鮮明。

白話語譯

七月火星向西沉，八月葦稈好收成。
三月裏修桑條，拿起斧和斨，
太長的枝兒都砍掉，拉着枝條採嫩桑。
七月裏伯勞還在嚷，八月裏績麻更要忙。
染出絲來有黑也有黃，朱紅色兒更漂亮，
得給那公子做衣裳。

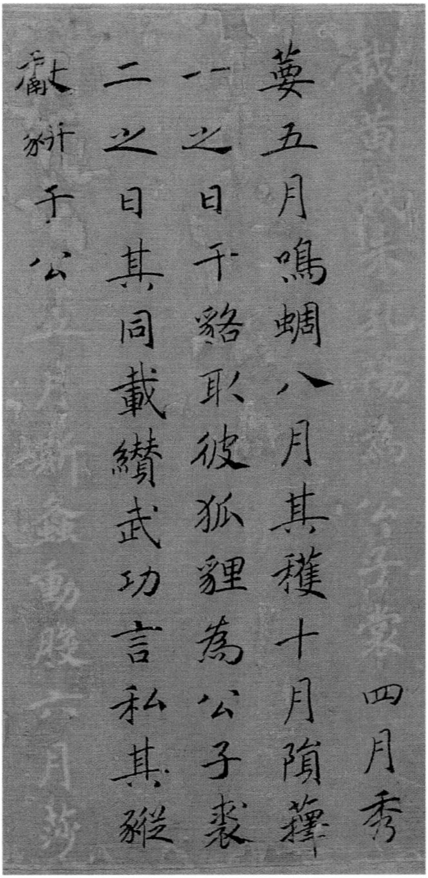

原詩

四月秀葽㉑，五月鳴蜩㉒。八月其穫，十月隕蘀㉓。一之日於貉，取彼狐狸，為公子裘。二之日其同，載纘武功㉔。言私其豵㉕，獻豜於公㉖。

註釋

㉑ 葽，植物名，今名遠志。秀葽，言遠志結實。

㉒ 蜩，音「條」，蟬。

㉓ 隕蘀，落葉。

㉔ 纘，繼續。武功，指田獵。

㉕ 豵，音「宗」，一歲小豬，這裏用來代表比較小的獸。私其豵，言小獸歸獵者私有。

㉖ 豜，音「堅」，三歲大豬。代表大獸，大獸獻給公家。

白話語譯

四月裏遠志把子結，五月裏知了叫不歇。

八月裏收穀，十月落樹葉。

冬月裏打貉子，還得捉狐狸，要給公子做皮衣。

臘月裏大伙又聚齊，打獵習武藝。

小個兒野豬給自己，大個兒野豬獻公爺。

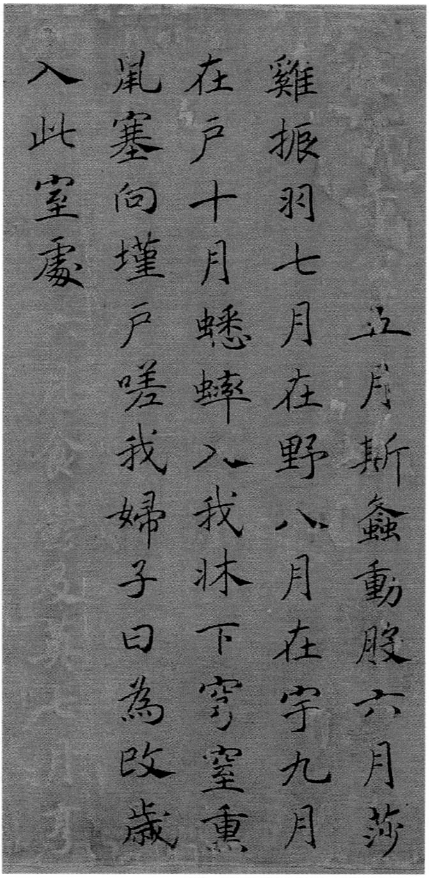

原詩

五月斯螽動股㉗，六月莎雞振羽㉘。七月在野，八月在宇，九月在戶，十月蟋蟀入我牀下。穹窒熏鼠㉙，塞向墐戶㉚。嗟我婦子，曰為改歲㉛，入此室處。

註釋

㉗ 螽，音「終」。斯螽，蟲名，蝗類。動股，言其發出鳴聲。
㉘ 莎雞，蟲名，今名紡織娘。振羽，言鼓翅發聲。
㉙ 穹，通「空」。窒，塞滿。穹窒，將室內滿塞的角落搬空。
㉚ 向，是朝北的窗。墐，用泥塗上。貧家門扇用柴竹編成，塗泥使它不通風。
㉛ 曰，《漢書》引作「聿」，語詞。改歲，是說舊年將盡，新年快到。

白話語譯

五月斯螽彈腿響，
六月紡織娘抖翅膀。
七月蛐蛐兒在野地，
八月裏在屋簷底，
九月門口叫，
十月牀下移。
火煙熏耗子，窟窿盡堵起，
塞起北窗户，柴門塗上泥。
叫喚兒子和老妻，如今快過年，
且來搬屋裏。

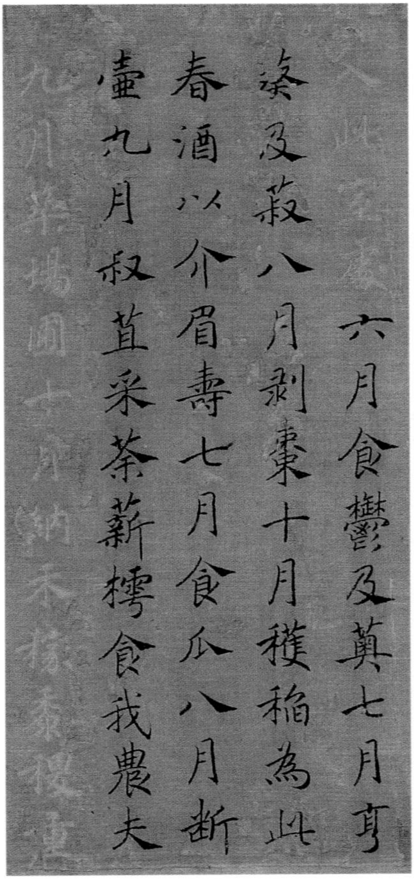
六月食鬱及薁七月亨
葵及菽八月剝棗十月穫稻為此
春酒以介眉壽七月食瓜八月斷
壺九月叔苴采荼薪樗食我農夫

原詩

六月食鬱及薁㉜，七月亨葵及菽㉝。八月剝㉞棗，十月穫稻。為此春酒，以介眉壽㉟。七月食瓜，八月斷壺㊱。九月叔苴㊲，採荼薪樗㊳，食我農夫。

註釋

㉜ 鬱，植物名，樹高五六尺，果實赤色。薁，音「郁」，植物名，果實大如桂圓。

㉝ 菽，豆的總名。

㉞ 剝，音「撲」，擊。

㉟ 介，祈求。眉壽，長壽，人老眉間有豪毛，叫秀眉，所以長壽稱眉壽。

㊱ 壺，葫蘆。

㊲ 叔，拾。苴，秋麻之子，可以吃。

㊳ 樗，臭椿。薪樗，言採樗木為薪。

白話語譯

六月裏吃山楂櫻桃，七月裏煮葵菜豆角。
八月裏打棗，十月裏煮稻，
做成甜酒叫凍醪，老人家喝了精神飽。
七月裏把瓜兒採，八月裏把葫蘆摘。
九月裏收麻子，掐些苦菜打些柴，
咱農夫把嘴餬起來。

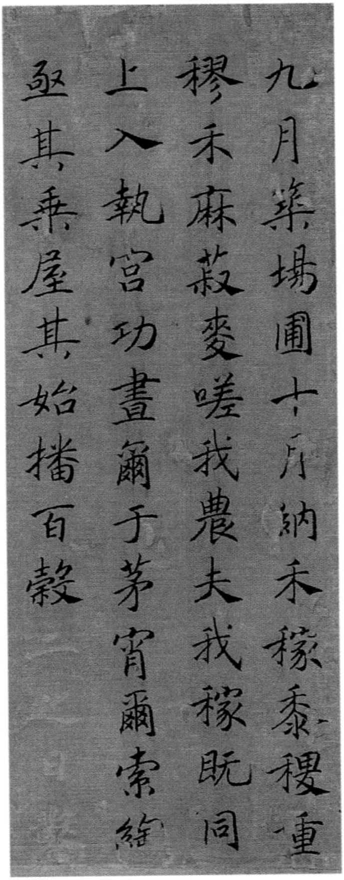
九月築場圃十月納禾稼黍稷重
穋禾麻菽麥嗟我農夫我稼既同
上入執宮功晝爾于茅宵爾索綯
亟其乘屋其始播百穀

原詩

九月築場圃[39]，十月納禾稼[40]。黍稷重穋[41]，禾[42]麻菽麥。嗟我農夫！我稼既同，上入執宮功[43]。晝爾於茅，宵爾索綯[44]，亟其乘屋[45]，其始播百穀。

註釋

㊴ 場，打穀的場地。圃，菜園。

㊵ 納，收進穀倉。稼，古讀如「故」。禾稼，穀類通稱。

㊶ 重，即「種」，先種後熟的穀。穋，即「稑」，音「陸」，後種先熟的穀。

㊷ 這裏的「禾」，專指一種穀，即今之小米。

㊸ 功，事。「宮功」，指建築宮室，或指室內的事。

㊹ 索，動詞，打繩索。綯，就是繩。索綯，打繩子。

㊺ 亟，急。乘屋，蓋屋。

白話語譯

九月墊好打穀場，十月穀上倉。
早穀晚穀黃米高粱，芝麻豆麥滿滿裝。
咱們這些泥腿郎！
地裏莊稼才收起，城裏差事又要當。
白天割得茅草多，夜裏打得草索長，
趕緊蓋好房，耕田撒種又要忙。

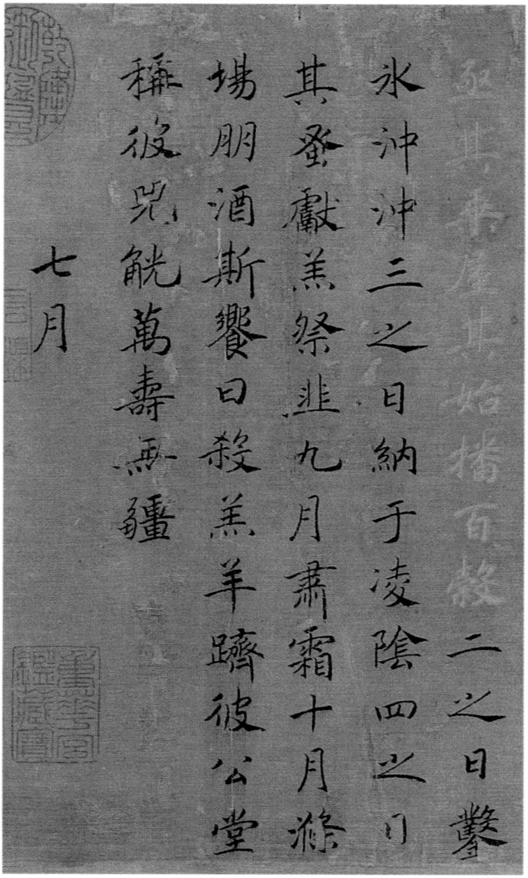

原詩

二之日鑿冰沖沖㊻，三之日納於淩陰，四之日其蚤㊼，獻羔祭韭㊽。九月肅霜㊾，十月滌場㊿。朋酒[51]斯饗，曰殺羔羊。躋彼公堂[52]，稱彼兕觥，「萬壽無疆」！

公堂宴饗

註釋

㊻ 沖沖，古讀如「沉」，鑿冰之聲。

㊼ 蚤，音「爪」，取。這句是說取冰。

㊽ 用羔羊和韭菜祭祖。《禮記．月令》說仲春獻羔開冰，四之日正是仲春。

㊾ 肅霜，猶「肅爽」，雙聲連語。這句是說九月天高氣爽。

㊿ 滌場，清掃場地。一說滌場即「滌蕩」，是說到了十月草木搖落無餘。

51 朋酒，兩樽酒。

52 躋，登。公堂，或指公共場所，不一定是國君的朝堂。

白話語譯

十二月打冰沖沖響，正月抬冰窖裏藏，

二月取冰來上祭，獻上韭菜和羔羊。

九月裏下霜，十月裏掃場。

捧上兩樽酒，殺上一隻羊。

齊上公爺堂，牛角杯兒舉頭上，

說一聲「長壽無量」！

豳風・鴟鴞

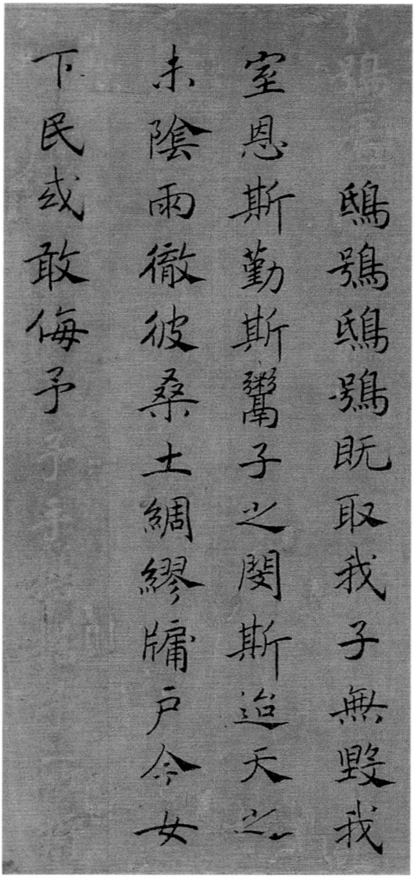

原詩

鴟鴞①鴟鴞！既取我子，無毀我室。恩斯勤斯②，鬻子之閔③斯。

迨天之未陰雨，徹彼桑土④，綢繆牖戶⑤。今女下民⑥，或敢侮予。

詩句導賞

這是一首禽言詩。全篇作一隻母鳥的哀訴，訴說她過去遭受的迫害，經營巢窠的辛勞和目前處境的艱苦危殆。這詩止於描寫鳥的生活還是別有寄託，很難斷言。舊說以為是周公貽成王的詩，不足信。

註釋

① 鳥名，即鴟鴞，今俗名貓頭鷹。
② 斯，語助詞。恩勤，猶「殷勤」。
③ 鬻，「育」的借字。「育子」指孵雛。閔，病。
④ 徹，剝裂。土，「杜」的借字。《釋文》引《韓詩》作「杜」。「桑杜」，桑根。
⑤ 綢繆，猶「纏綿」，緊緊捆縛的意思。牖戶，指巢。
⑥ 女，《孟子》作「此」。下民，指人類，鳥在樹上，所以稱人類為下民。

白話語譯

貓頭鷹啊貓頭鷹！
你抓走我的娃，別再毀我的家。
我辛辛苦苦勞勞碌碌，累壞了自己就為養娃。

趁着雨不下來雲不起，桑樹根上剝些兒皮，
門兒窗兒都得修理。
下面的人們，許會把我欺。

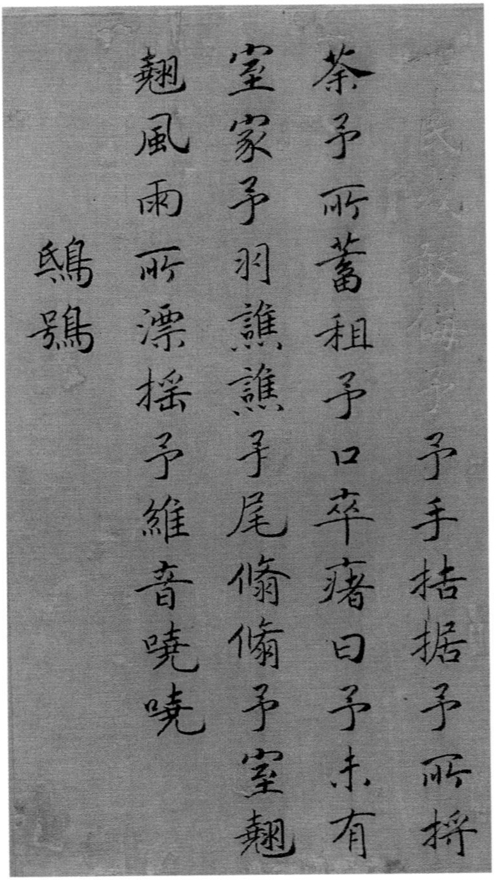

原詩

予手拮据⑦，予所捋荼⑧，予所蓄租⑨，予口卒瘏⑩，曰予未有室家。

予羽譙譙⑪，予尾翛翛⑫。予室翹翹⑬，風雨所漂搖。予維音嘵嘵⑭。

鴟鴞

註釋

⑦ 拮据，「撠挶」的假借，手病。
⑧ 所，尚。捋荼，取蘆葦和茅草的花，為墊巢之用。
⑨ 租，積。或讀為「苴」，草。
⑩ 卒瘏，言終於疲病。卒，或讀為「悴」，「悴瘏」同義。
⑪ 譙譙，不豐滿。
⑫ 翛翛，乾枯無潤澤之色。
⑬ 翹翹，危。
⑭ 嘵嘵，由於恐懼而發出的叫聲。

白話語譯

我的兩手早發麻，還得去撿茅草花，
我聚了又聚，加了又加，
臨了兒磨壞我的嘴，還不曾整好我的家。
我的羽毛稀稀少少，我的尾巴像把乾草。
我的巢兒搖搖晃晃，雨還要淋風也要掃。
直嚇得我喳喳亂叫。

豳風・東山

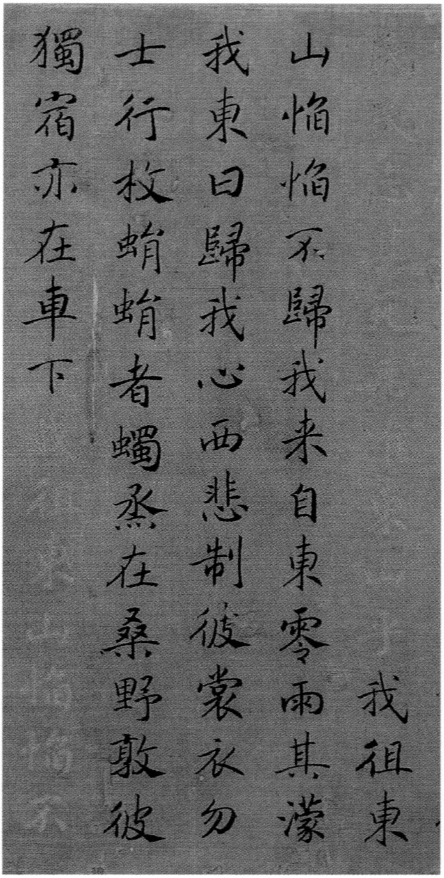

原詩

我徂東山①，慆慆②不歸。我來自東，零雨其濛。我東曰歸，我心西悲③。制彼裳衣④，勿士行枚⑤。蜎蜎者蠋⑥，烝在桑野。敦⑦彼獨宿，亦在車下。

註釋

① 東山，詩中軍士遠戍之地。相傳在奄國（今山東省曲阜）境內。

② 一作「滔滔」，久。

③ 悲，思念。

④ 裳衣，言下裳和上衣。古人男子衣服上衣下裳，但戎服不分衣裳。

⑤ 士，從事。「行」讀「衡」，就是橫。橫枚即銜枚。古人行軍襲擊敵人時，用一根筷子似的東西橫銜在嘴裏以防止出聲，叫做銜枚。

⑥ 蜎蜎，屈曲之貌。蠋，本作「蜀」，蛾蝶類幼蟲。

⑦ 敦，團。敦本是器名，形如圓球。

白話語譯

打我遠征到東山，一別家鄉好幾年。
今兒打從東方來，毛毛雨兒盡纏綿。
聽得將要離東方，心兒西飛奔家鄉。
家常衣裳縫一件，從此不再把兵當。
山蠶屈曲樹上爬，桑樹地裏久住家。
人兒團團獨自睡，獨自睡在車兒下。

詩句導賞

這是征人還鄉途中念家的詩。在細雨濛濛的路上，他想像到家後恢復平民身份的可喜（第一章），想像那可能已經荒廢的家園，覺得又可怕，又可懷（第二章），想像自己的妻正在為思念他而悲歎（第三章），回憶三年前新婚光景，設想久別重逢的情況（第四章）。

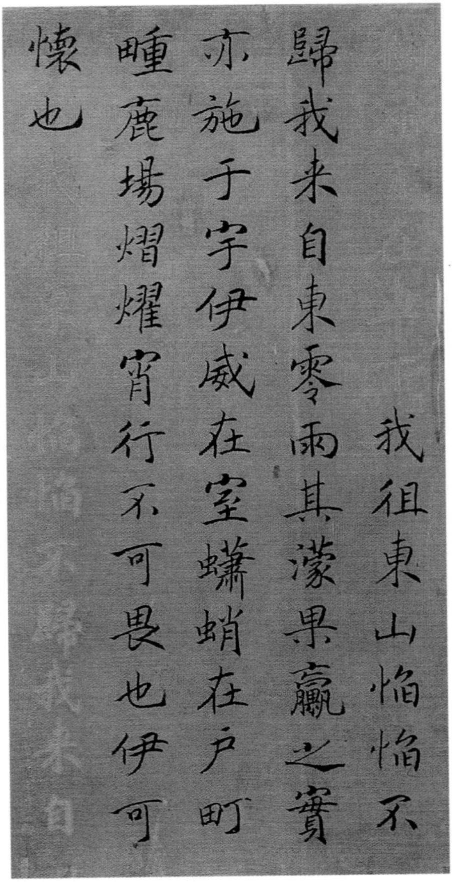

原詩

我徂東山，慆慆不歸。我來自東，零雨其濛。果臝⑧之實，亦施於宇⑨。伊威⑩在室，蠨蛸⑪在戶。町畽鹿場⑫，熠燿宵行⑬。不可畏也？伊可懷也。

扛槍出征

註釋

⑧ 葫蘆科植物，一名栝樓或瓜蔞。

⑨ 施，音「異」，移。栝樓蔓延到簷上是無人剪伐的荒涼景象。

⑩ 一作「蛜蝛」，蟲名。橢圓而扁，多足，灰色，今名土鱉。

⑪ 音「蕭箱」，蟲名，蜘蛛類，長腳。

⑫ 町畽，平地被獸蹄所踐踏處。鹿場，鹿經行的途徑。

⑬ 熠燿，光明貌。宵行，燐火。

白話語譯

打我遠征到東山，一別家鄉好幾年。
今兒打從東方來，毛毛雨兒盡纏綿。
栝樓藤長子兒大，子兒結在房簷下。
土鱉兒屋裏來跑馬，蟢蛛兒做網攔門掛。
場上鹿跡深又淺，燐火來去光閃閃。
家園荒涼怕不怕？越是荒涼越牽掛。

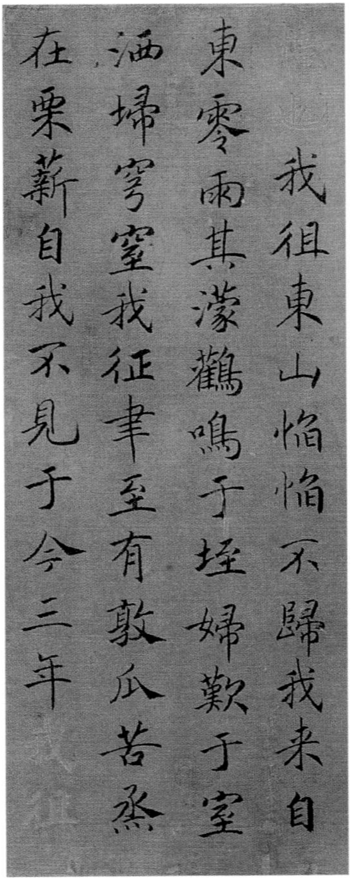

原詩

我徂東山，慆慆不歸。我來自東，零雨其濛。鸛鳴於垤⑭，婦歎於室。灑掃穹窒，我征聿⑮至。有敦瓜苦⑯，烝在栗薪⑰。自我不見，於今三年。

註釋

⑭ 鸛，鳥名，涉禽類，形似鶴，又名鸛雀。垤，小土堆。

⑮ 征，行。聿，語詞，同「曰」。聿、曰都有將意。

⑯ 瓜苦，即匏瓜，葫蘆類。古人結婚行合巹之禮，就是以一匏分作兩瓢，夫婦各執一瓢盛酒漱口，這詩「瓜苦」似指合巹的匏。

⑰ 栗薪，聚薪，柴堆。

白話語譯

打我遠征到東山，一別家鄉好幾年。
今兒打從東方來，毛毛雨兒盡纏綿。
墩上老鸛不停喚，我妻在房唉聲歎。
快把屋子收拾起，行人離家可不遠。
有個葫蘆團又團，撂在柴堆沒人管。
葫蘆在家我不見，不見葫蘆整三年。

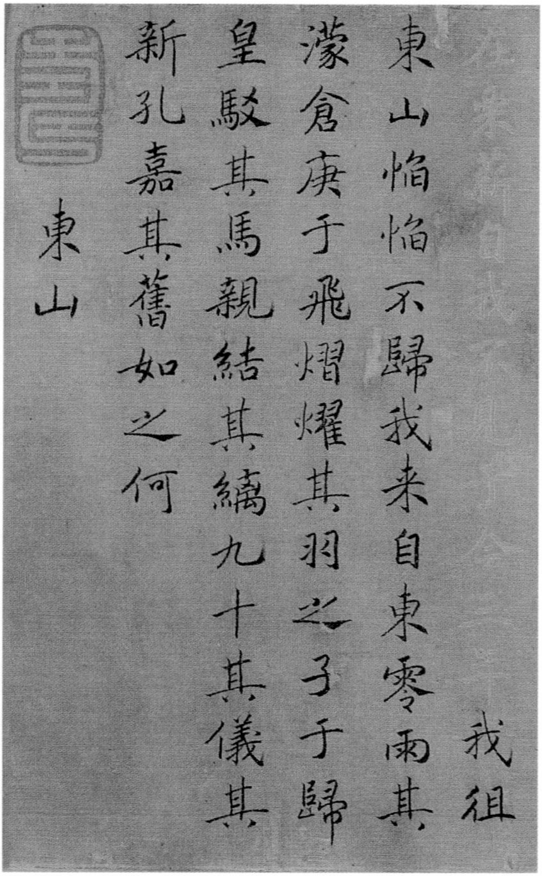

原詩

我徂東山，慆慆不歸。我來自東，零雨其濛。倉庚于飛，熠燿其羽。之子⑱于歸，皇駁⑲其馬。親結其縭⑳，九十㉑其儀。其新孔嘉㉒，其舊㉓如之何？

註釋

⑱ 指妻子。

⑲ 皇，黃白色，駁，赤白色。

⑳ 親，指「之子」的母親。縭，古讀如「羅」。結縭，將佩巾結在帶上。古俗嫁女時母為女結縭。

㉑ 言其多。儀，古讀如「俄」。這句是說儀注之繁。

㉒ 嘉，古讀如「歌」，美。

㉓ 舊，猶「久」。

白話語譯

打我遠征到東山，一別家鄉好幾年。
今兒打從東方來，毛毛雨兒盡纏綿。
記得那天黃鶯忙，翅兒閃閃映太陽。
那人過門做新娘，馬兒有赤也有黃。
娘為女兒結佩巾，又把禮節細叮嚀。
回想新娘真夠美，久別重逢可稱心？

唐風・蟋蟀

原詩

蟋蟀在堂，歲聿其莫①。今我不樂，日月其除。無已大康②，職思其居！好樂無荒，良士瞿瞿③。

蟋蟀在堂，歲聿其逝。今我不樂，日月其邁。無已大康，職思其外！好樂無荒，良士蹶蹶④。

蟋蟀在堂，役車⑤其休。今我不樂，日月其慆⑥。無已大康。職思其憂！好樂無荒，良士休休⑦。

註釋

① 聿，助詞。莫，同「暮」，是説一年將要結束。

② 已，過分。「大」讀「泰」。大康，安樂。

③ 瞿瞿，回頭顧看的樣子，表示心裏警戒。

④ 蹶蹶，動作勤敏的樣子。

⑤ 役車，車名，方箱駕牛，農家收穫時用來裝載穀物。

⑥ 慆，「滔」的借字。過去的意思。

⑦ 休休，安閒舒適的樣子。

白話語譯

蟋蟀搬進屋裏，一年快要到底。如今再不尋樂，一年所剩無幾。
可別過分安逸，本分不要忘記！尋樂不荒正業，良士都能警惕。

蟋蟀搬進屋裏，一年還剩幾分。如今再不尋樂，時光不肯等人。
可別過分安逸，別忘其他責任！尋樂不荒正業，良士個個勤奮。

蟋蟀搬進屋裏，往來牛車都停。如今再不尋樂，時光都要溜盡。
可別過分安逸，還該想着苦境！尋樂不荒正業，良士所以寬心。

詩句導賞

這篇是感時之作。詩人因歲暮而感到時光易逝，因時光易逝的感覺而生出及時行樂的想法，又因樂字而想到「無已」、「無荒」，以警戒自己，因而以「思居」、「思外」、「思憂」和效法「良士」自勉。

馬和之《詩經圖卷‧綢繆》

唐風‧綢繆

原文

綢繆①束薪，三星②在天。今夕何夕，見此良人？子兮子兮，如此良人何？

綢繆束芻③，三星在隅④。今夕何夕，見此邂逅⑤？子兮子兮，如此邂逅何？

綢繆束楚⑥，三星在戶。今夕何夕，見此粲者？子兮子兮，如此粲者何？

註釋

①「綢繆」猶「纏綿」，緊緊地捆綁的意思。
②就是參星。黃昏後出現在東方的天空。
③芻，牧草。
④隅，房角。「三星在隅」是說參星已經移到對着房角的位置。
⑤邂逅，喜悅，這裏指帶來喜悅的人。
⑥楚，荊條。

白話語譯

柴枝捆得緊緊，抬頭正見三星。
今晚是啥夜晚？見着我的好人。
你看，你看啊！把這好人兒怎麼辦啊！

緊緊一把芻草，三星正對房角。
今晚是啥夜晚？心愛人兒見着。
你看，你看啊！把這心愛的怎麼辦啊！

荊樹條緊纏，三星照在門前。
今晚是啥夜晚？和這美人兒相見。
你看，你看啊！把這美人兒怎麼辦啊！

馬和之《詩經圖卷·葛生》

唐風·葛生

原文

葛生蒙①楚，蘞蔓②於野。予美③亡此，誰與？獨處！

葛生蒙棘，蘞蔓於域④。予美亡此，誰與？獨息！

角枕⑤粲兮，錦衾⑥爛兮。予美亡此，誰與？獨旦⑦！

夏之日，冬之夜。百歲之後，歸於其居⑧。

冬之夜，夏之日。百歲之後，歸於其室。

註釋

① 葛，多年生蔓草，其纖維可織布。蒙，覆蓋。上古有以葛纏棺之俗。

② 蘞，一種蔓生植物。蔓，延伸。

③ 詩人稱自己的丈夫，猶言「我的愛人」。

④ 域，墓地。
⑤ 用牛角製成或用獸角裝飾的枕頭，用來枕屍首。
⑥ 彩絲織成的被。殮屍用單被。
⑦ 「旦」，讀「坦」。「獨旦」猶「獨息」，都是獨寢之意。
⑧ 其居，指死者的住處，即墳墓。

白話語譯

葛藤藤把荊樹蓋，蘞草蔓生在野外。
我的好人兒去了，誰伴他呀？獨個兒待！
酸棗樹上葛藤披，蘞草爬滿墳園地。
我的好人兒去了，誰伴他呀？獨個兒息！
漆亮的牛角枕啊，閃亮的花錦被。
我的好人兒去了，誰伴他呀？獨個兒睡！
天天都是夏月的天，夜夜都是冬天的夜。
百年熬到頭，到他身邊相會。
夜夜都是冬天的夜，天天都是夏月的天。
百年熬到頭，回到他的身邊。

詩句導賞

這是女子悼念或哭亡夫的詩。詩人一面悲悼死者，想像他枕着角枕，蓋着錦衾，在荒野蔓草之下獨自長眠；一面自己傷感，想着未來漫長的歲月都是可悲的，惟有待百年之後和良人同穴，才是歸宿。

小雅·鹿鳴

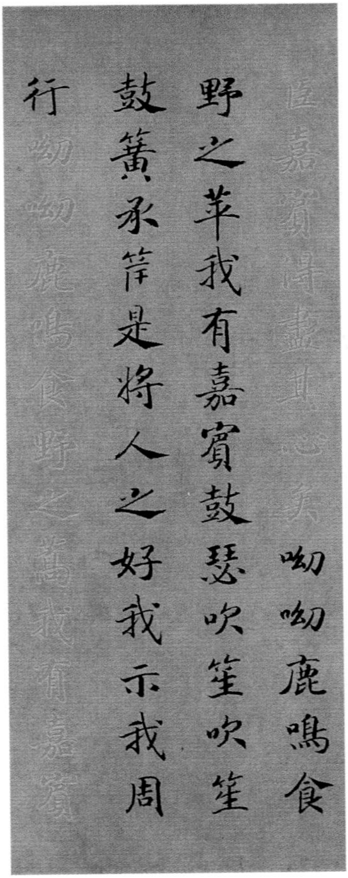

原詩

呦呦①鹿鳴，食野之蘋②。
我有嘉賓，鼓瑟吹笙。吹笙鼓
簧③，承筐是將④。人之好⑤
我，示我周行⑥。

黑漆二十五弦瑟

瑟是《詩經》中提及最多的樂器之一。瑟有二十五弦，一弦一音，屬於較古老的弦樂器，也是中國歷代文人雅士崇尚的樂器。

註釋

① 音「優」，鹿鳴聲。
② 蘋，野生植物，俗稱「掃帚草」。
③ 簧，樂器中用以發聲的片狀振動體。
④ 承，用手捧着。筐，指盛幣、帛禮品的竹器。是，此。將，相送。
⑤ 好，感激。
⑥ 示，告訴。周行（音「杭」），大路，引申為治國的道理。

白話語譯

鹿兒呦呦叫，原上吃蘋草，
招呼同伴來，共享此佳餚。
我有貴客要駕臨，
彈瑟吹笙迎嘉賓。
奏着樂兒，招待大夥，
抬上禮物，敬獻眾客。
人人問好，示以友情，
按序圍坐，共商政要。

詩句導賞

這是國君宴羣臣賓客的詩。君王禮遇羣臣，既饗以酒食，又賜以幣帛，以換取他們修德愛民，盡忠於王室。據説鹿覓得食物後，即呼叫同類，一起享用。故詩前兩句以鹿鳴起興，表示誠懇招飲之情。

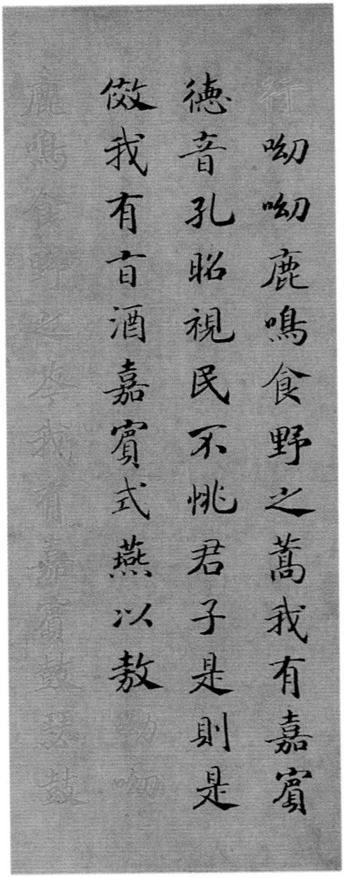

原詩

呦呦鹿鳴，食野之蒿⑦。我有嘉賓，德音孔昭⑧。視民不恌⑨，君子是則是傚。我有旨酒，嘉賓式燕以敖⑩。

註釋

⑦ 蒿，植物名。

⑧ 孔，很。昭，明亮。

⑨ 視，示。恌，音「挑」，輕薄，輕浮。

⑩ 燕，通「宴」，宴會。式，語助詞。敖，遊逛。

白話語譯

鹿兒呦呦叫，原上吃蒿草，
招呼同伴來，共享此佳餚。
我有貴客要駕臨，
他們都有好聲名。
管理百姓，從不偷懶，
堪稱榜樣，值得效仿。
捧出佳釀，乾杯盡暢，
貴客嘉賓，快樂逍遙。

呦呦鹿鳴

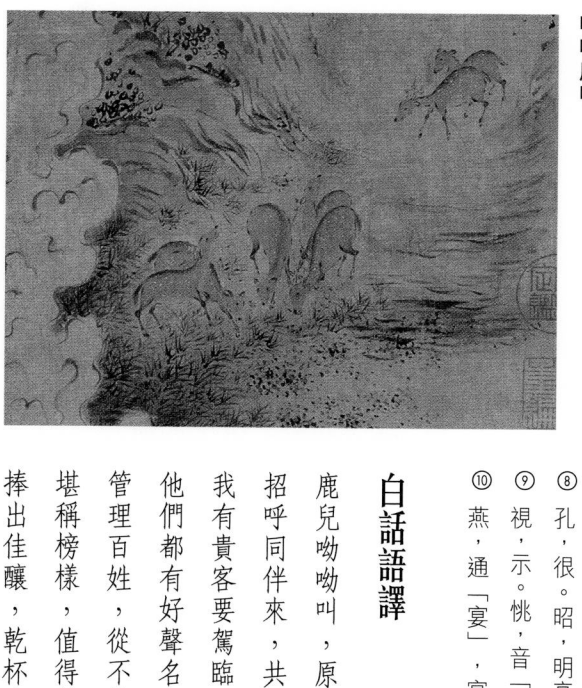

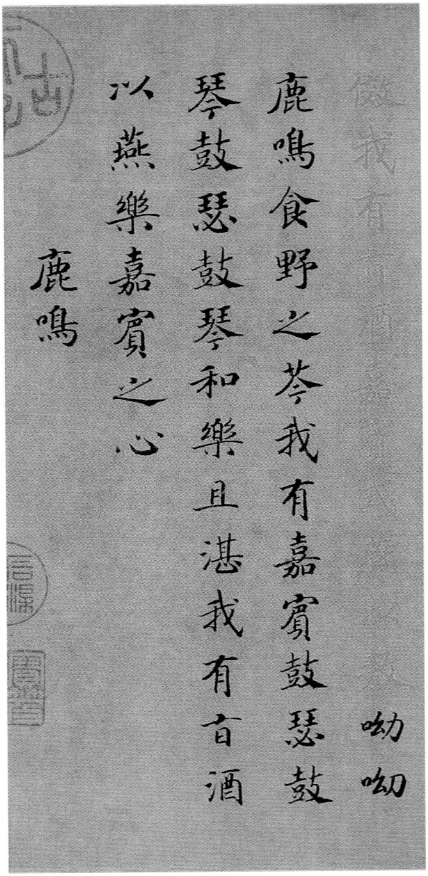

原詩

呦呦鹿鳴，食野之芩⑪。我有嘉賓，鼓瑟鼓琴。鼓瑟鼓琴，和樂且湛⑫。我有旨酒，以燕樂⑬嘉賓之心。

宴饗嘉賓

註釋

⑪ 芩，音「琴」，蒿類植物。
⑫ 湛，音「沉」，過度逸樂。
⑬ 燕，安。燕樂，安樂。

白話語譯

鹿兒呦呦叫，原上吃芩草，
招呼同伴來，共享此佳肴。
我有貴客要駕臨，
鼓瑟彈琴迎嘉賓。
奏着樂兒，招待大夥兒，
對酒當歌，其樂也陶陶。
捧出佳釀，乾杯盡暢，
貴客嘉賓，開懷歡笑。

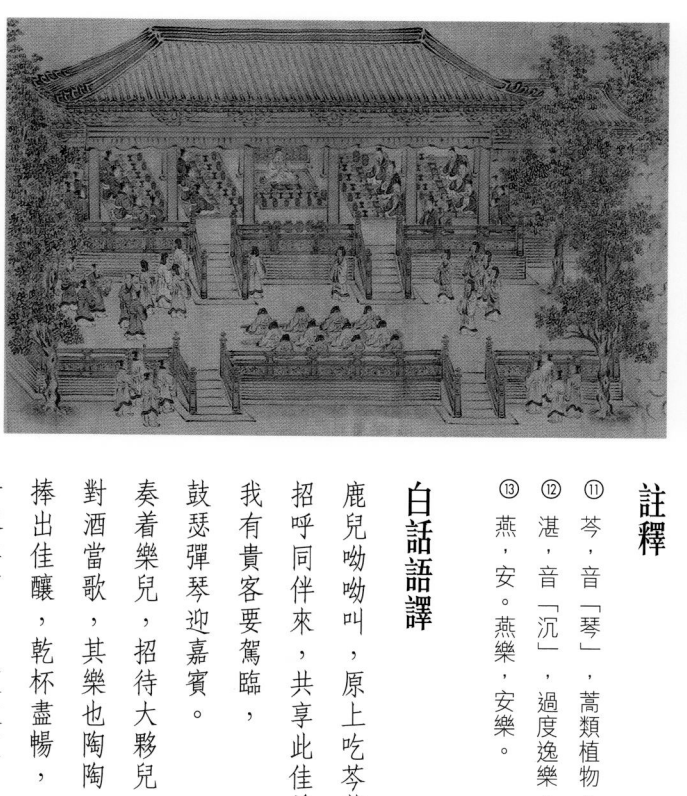

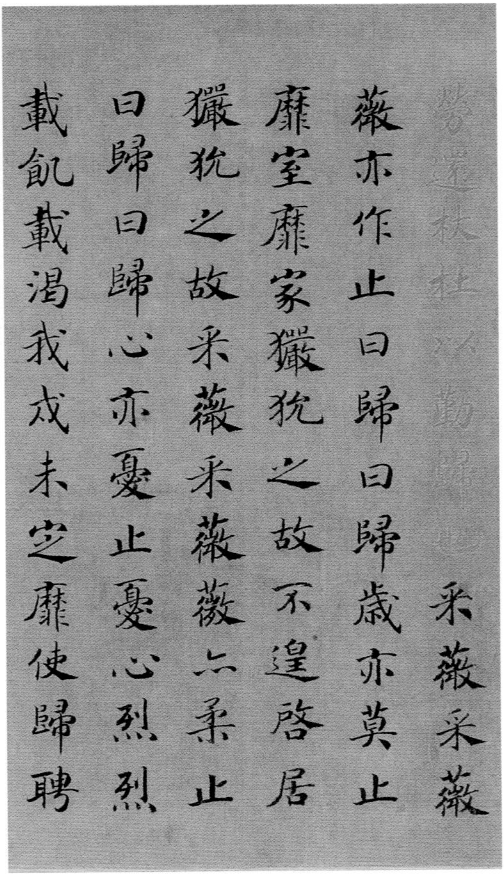

小雅・采薇

原詩

采薇①采薇，薇亦作止②。曰歸曰歸，歲亦莫止。靡室靡家③，玁狁④之故；不遑啟居⑤，玁狁之故。

采薇采薇，薇亦柔止。曰歸曰歸，心亦憂止。憂心烈烈⑥，載飢載渴。我戍未定，靡使歸聘⑦。

註釋

① 薇，又名大巢菜，豆科植物，野生，可食。
② 作，生出。止，語尾助詞。
③ 靡，無。靡室靡家，言終年在外，有家等於無家。
④ 種族名，一作「獫狁」，居住地在周之北方。春秋時稱狄，戰國、秦、漢稱匈奴。
⑤ 遑，暇。啟居，啟是小跪，居是安坐。古人坐和跪都是兩膝着席。
⑥ 烈烈，本是火勢猛盛的樣子，用來形容憂心，憂心如焚。
⑦ 聘，問訊。

白話語譯

大巢菜採了又採，大巢菜冒出芽尖。
說回家哪時回家，轉眼間就到殘年。
誰害我有家難奔，還不是為了玁狁；
誰害我腚不着凳，還不是為了玁狁。

大巢菜採了又採，大巢菜多麼鮮嫩。
說回家哪時到家。心裏頭多麼憂悶。
心憂悶好像火焚。飢難忍渴也難忍。
駐防地沒有一定，哪有人捎個家信。

詩句導賞

這是戍邊兵士的詩。第一、二、三章是說遠別家室，歷久不歸，飢渴勞苦。第四、五章寫將帥車馬服飾之盛，和戍卒不敢定居之勞。末章寫歸途雨雪飢渴的苦楚和痛定思痛的心情。

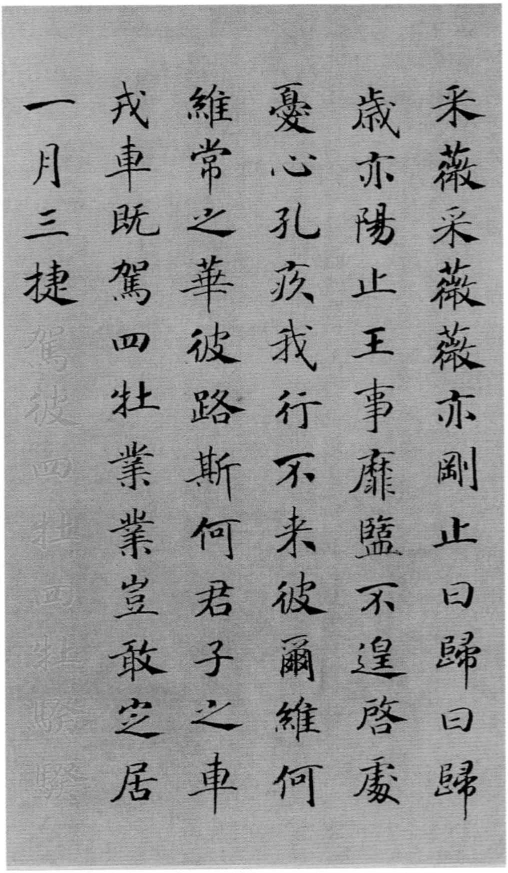

原詩

采薇采薇，薇亦剛⑧止。曰歸曰歸，歲亦陽止。王事靡盬，不遑啟處。憂心孔疚⑨，我行不來⑩。

彼爾⑪維何？維常之華。彼路斯⑫何？君子之車。戎車既駕，四牡業業⑬。豈敢定居，一月三捷⑭。

出征伐玁狁

註釋

⑧ 剛，是說老而粗硬。

⑨ 疚，古讀如「記」，病痛。

⑩ 來，古讀如「厘」，慰勉。不來，無人慰問。

⑪ 爾，《說文》引作「薾」，音同，花繁盛貌。

⑫ 路，就是「輅」。車的高大為輅。斯，語助詞，猶「維」。

⑬ 牡，指駕車的雄馬。業業，高大貌。

⑭ 抄行小路為「捷」。三捷，言多次行軍。

白話語譯

大巢菜採了又採，大巢菜又粗又老。
說回家哪時回家，小陽春十月又到。
當王差無窮無盡，哪能有片刻安身。
我的心多麼痛苦，到如今誰來慰問。

甚麼花開得繁華？那都是常棣的花。
甚麼車高高大大？還不是貴人的車。
兵車啊已經駕起，高昂昂公馬四匹。
哪兒敢安然住下，一個月三次轉移。

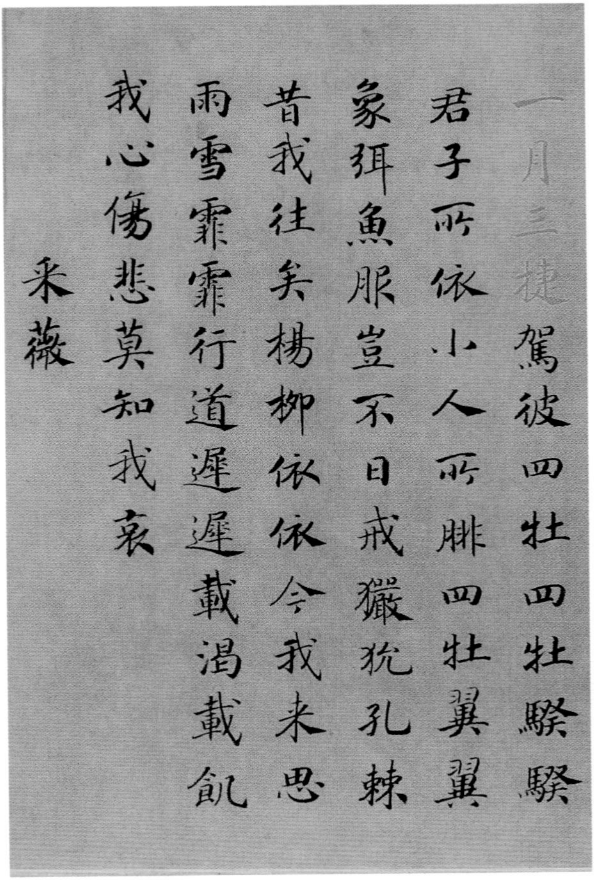

原詩

駕彼四牡，四牡騤騤⑮。君子所依⑯，小人所腓⑰。四牡翼翼。象弭魚服⑱。豈不日戒⑲？玁狁孔棘⑳。

昔我往矣，楊柳依依。今我來思，雨雪霏霏。行道遲遲，載渴載飢。我心傷悲，莫知我哀！

狄人玉雕

這是春秋戰國時北狄男童的形象，以黃玉雕刻。頭頂梳圓髻，身穿方格紋袍，面龐圓滿。

註釋

⑮ 騤騤，強壯貌。

⑯ 君子，將帥。依，猶「乘」。

⑰ 小人，指兵士。腓，隱蔽。

⑱ 弓兩端受弦的地方叫做「弭」。服，「箙」的假借字，是盛箭的器具。

⑲ 戒，古讀如「亟」。日戒，每日警備。

⑳ 棘，急。

白話語譯

駕起了公馬四匹，四匹馬多麼神氣，
貴人們坐在車上，士兵們靠它隱蔽。
四匹馬多麼雄壯。象牙弭魚皮箭囊。
怎麼不天天警戒？那玁狁實在猖狂。

想起我離家時光，楊柳啊輕輕飄盪。
如今我走向家鄉，大雪花紛紛揚揚。
慢騰騰一路走來，飢和渴煎肚熬腸。
我的心多麼淒慘，誰知道我的憂傷！

小雅·節南山

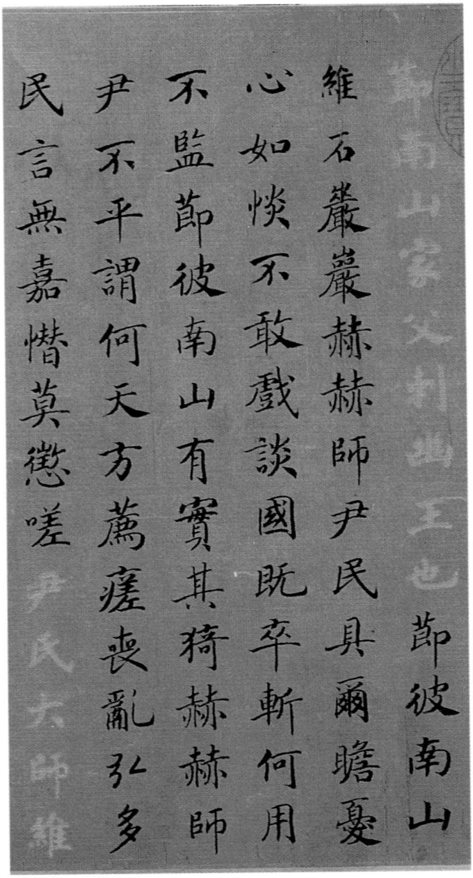

原詩

節彼南山①，維石巖巖。赫赫師②尹，民具爾瞻。憂心如惔③，不敢戲談。國既卒斬④，何用不監？

節彼南山，有實其猗⑤。赫赫師尹，不平謂何！天方薦瘥⑥，喪亂弘多！民言無嘉，憯莫懲嗟⑦。

詩句導賞

這是控訴執政者的詩。第一、二章敘尹氏的暴虐不平。第三章責尹氏。第四章責周王。第五章望朝廷進用君子。第六章怨周王委政小人。第七章自傷無地可以逃避。第八章言尹氏的態度變化莫測。第九章怨周王不悟。第十章說明作詩目的。

註釋

① 節，高峻貌。南山，鎬京以南的終南山。
② 赫赫，勢位顯盛貌。師，即太師，官名，是三公之最尊的。
③ 惔，《釋文》引《韓詩》作「炎」。如惔同如焚。
④ 國，指周。卒，終。斬，絕。
⑤ 實，滿。言草木充實。猗，長。言草木長茂。
⑥ 薦，重，再。瘥，音「嵯」，病，包括疾疫饑饉等災患。薦瘥是說屢次降瘥。
⑦ 憯，音「慘」，猶「曾」或「尚」。懲，戒。嗟，語尾助詞。

白話語譯

高峻的終南山，上有壘壘的巖石。
烜赫的尹太師，人民萬目所視。
人民心似火煎，不敢隨便笑談。
國運終要斬斷，天公何不開眼？

高峻的終南山，草木充實茂盛。
烜赫的尹太師，為政不平還能說甚！
老天反覆降災，多少死喪禍害！
人民沒一句好話，自己還不懲戒。

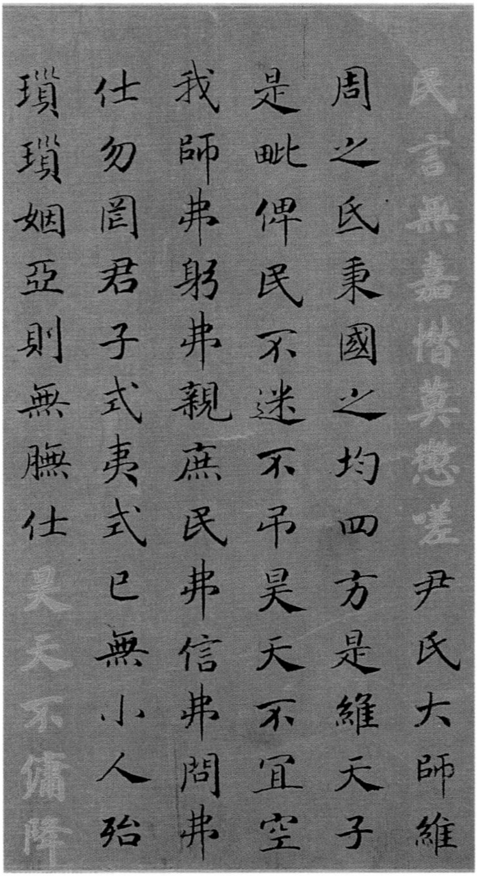

原詩

尹氏大師，維周之氐。秉國之均⑧，四方是維。天子是毗⑨，俾民不迷。不弔⑩昊天，不宜空我師！

弗躬弗親，庶民弗信。弗問弗仕，勿罔君子；式夷式已⑪，無小人殆；瑣瑣姻亞⑫，則無膴⑬仕。

高峻的終南山

註釋

⑧ 均，同鈞，本是製陶器的模子下面的車盤。這裏借比國家大權。

⑨ 毗，一作「埤」，輔助。

⑩ 不弔，不善。

⑪ 式，語助詞。夷，平。已，止。

⑫ 瑣瑣，計謀褊淺之貌。姻亞，婿父為姻，兩婿相謂亞。尹氏和周室有婚姻關係。

⑬ 膴，厚，腴美。

白話語譯

姓尹的太師，是國家的根柢。
掌握國家的大權，四方仗他維繫。
君王要他輔助，百姓要他帶路。
不體恤人的老天，可不能斷人的活路！
（王）自己不問國政，對人民不肯信任。
不諮詢也不任用，對君子不該欺哄；
壞事要糾正也要制止，不要和小人靠攏；
庸碌的親戚，不要再給恩寵。

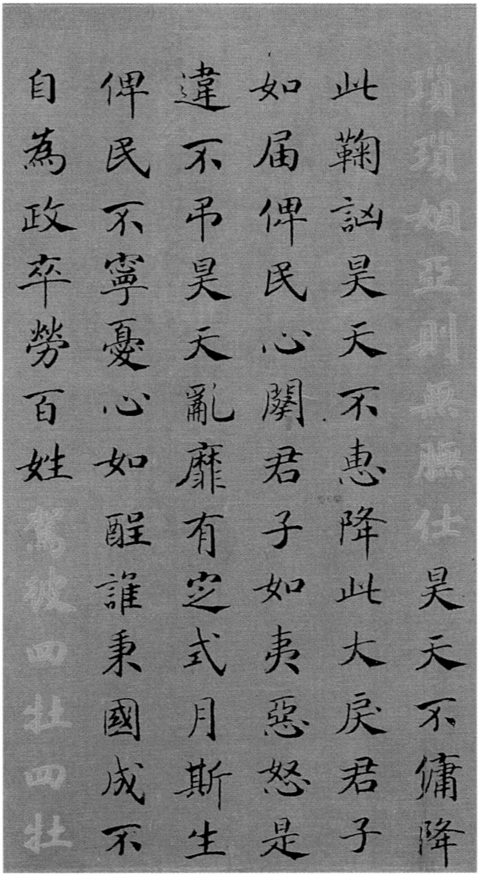

原詩

昊天不傭，降此鞠訩⑭。昊天不惠，降此大戾。君子如屆⑮，俾民心闋⑯。君子如夷，惡怒是違。

不弔昊天，亂靡有定。式月斯生⑰，俾民不寧。憂心如酲⑱，誰秉國成？不自為政，卒⑲勞百姓。

註釋

⑭ 鞫，窮。訩，凶。鞫訩，猶言「極禍」。
⑮ 屆，古讀如「既」，到。
⑯ 闋，古讀如「癸」，息。
⑰ 月，是「抈」字的省借，摧折。抈斯生，扼殺斯民。
⑱ 酲，病酒。
⑲ 「瘁」字的假借，就是病。

白話語譯

老天不公不平，降下特大災難。
老天不仁不慈，降下這般憂患。
君子如果執政，能夠消除民憤。
君子為啥不平，暴怒也能平靜。

老天不惜人命，大亂何時平定。
不要扼殺百姓，使人不得安寧。
我憂心好像酒醉，誰執掌國家成規？
（王）不肯親自執政，害苦了天下百姓。

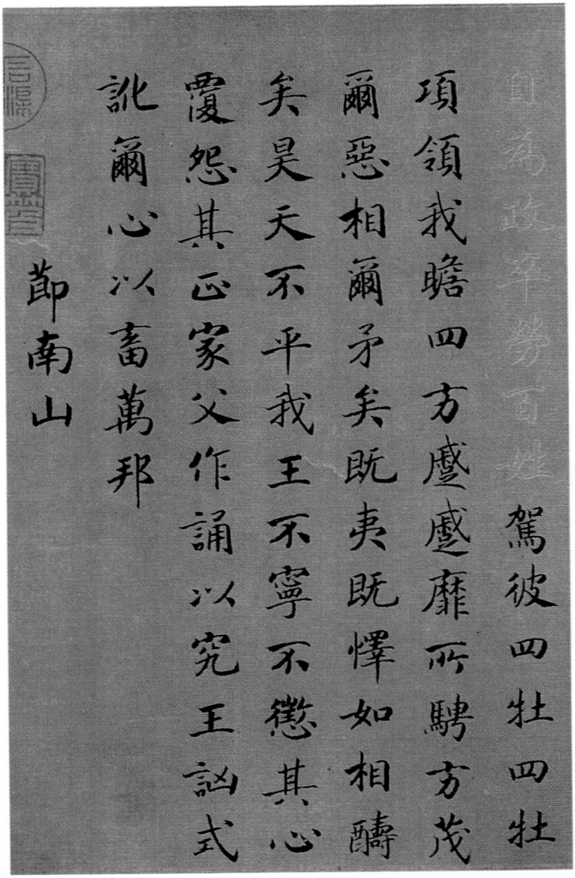

原詩

駕彼四牡，四牡項領。我瞻四方，蹙蹙靡所騁。

方茂爾惡，相爾矛⑳矣。既夷既懌㉑，如相醻矣。

昊天不平。我王不寧。不懲其心㉒，覆怨其正。

家父作誦㉓，以究王訩㉔。式訛爾㉕心，以畜萬邦。

註釋

⑳ 相，視。相爾矛，是說要用武。

㉑ 夷、懌，是說怨恨解除。

㉒ 就是其心不懲。言周王無懲戒之意。

㉓ 家父，或作「嘉父」，又作「嘉甫」，人名，本篇的作者。誦，詩。

㉔ 究，讀為「糾」。糾，舉發。「王訩」指尹氏。

㉕ 訛，同「吪」，變化。爾，指周王。

白話語譯

駕起了四匹公馬，四匹馬腫了頸項。
我放眼四下觀望，卻沒有投奔的地方。

當你惡意盛旺，眼光就向着刀槍。
當你怒氣消除，就像對着酒漿。

天公不想太平。我王不能安枕。
他的心偏不清醒，反怨恨人家糾正。

家父作了這首詩，來揭王家的兇徒。
只指望王心感化，好好把四方安撫。

小雅・正月

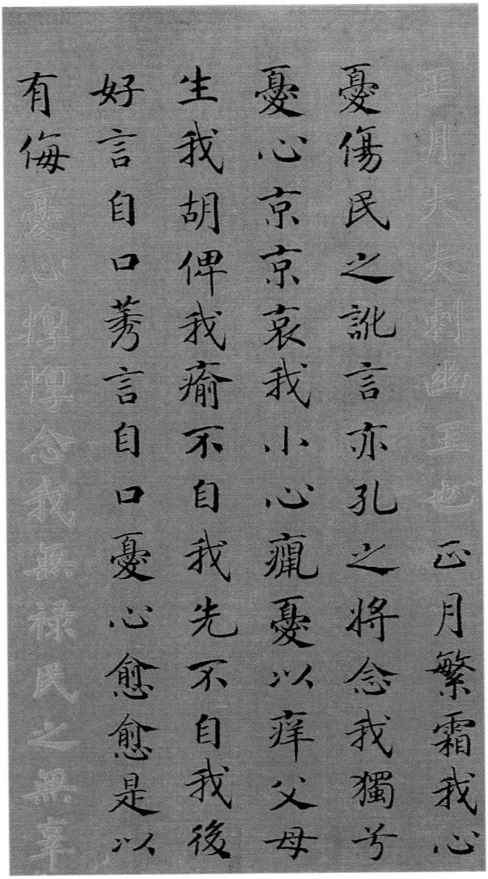

原詩

正月繁霜①，我心憂傷。民之訛言，亦孔之將②。念我獨兮，憂心京京。哀我小心，癙憂以癢③。

父母生我，胡俾我瘉④！不自我先，不自我後。好言自口，莠言⑤自口。憂心愈愈⑥，是以有侮。

詩句導賞

這是憂國哀民、憤世嫉邪的詩。大約產生於西周已經淪亡，東都尚未鞏固的時期。第一章從天時失常說到憂心獨深。第二章自傷生逢亂世，讒邪可怕。第三章憂慮後禍不測。第四章寄希望於天命。第五章言訛言不止，是非紛紜。第六章言人民危懼不安。第七章言自己在朝孤立，不見用。第八章舉宗周事作鑒戒。第九章用大車輸載比喻錯誤失敗的政治措施。第十章用行車踰險比喻正確的成功的政治措施。第十一章自傷進退維谷。第十二章以當權小人的朋比對照自己的孤立。第十三章舉出社會不平現象，說明可哀的不只是個人的不幸遭遇。

註釋

① 正月，孟夏時節。繁霜，多霜凍。
② 孔，甚。將，大。
③ 癙，憂。癢，病。
④ 俾，使。瘉，病。
⑤ 醜言。
⑥ 愈愈，猶「瘐瘐」，病貌。

白話語譯

初夏不斷下霜，我心填滿憂傷。
民間謠言紛起，傳播廣遠非常。
憂時的只我一個，更教我悲愁難放。
可歎我小心謀慮，因此損害了健康。

為何父母生我，讓我遭這場災禍！
上代災禍未到，下代災禍已過。
好話從人家口出，醜話也從人口出。
憂傷使我恍惚，因此更招人欺侮。

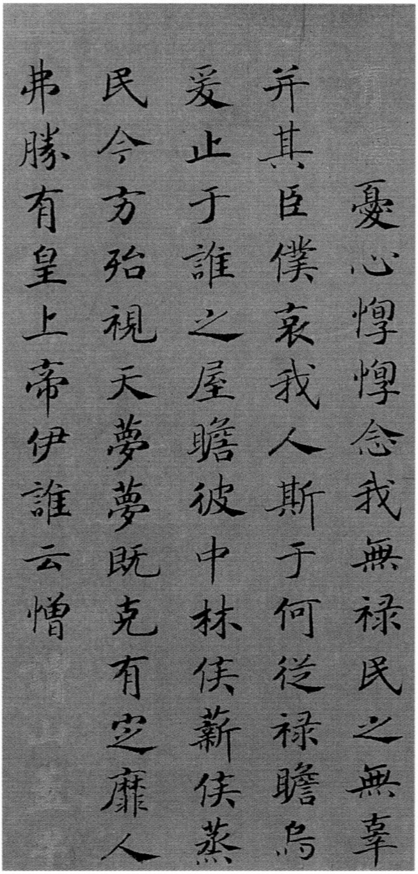

原詩

憂心惸惸⑦，念我無祿。民之無辜，並其臣僕。哀我人斯，於何從祿⑧？瞻烏爰止，於誰之屋？

瞻彼中林，侯薪侯蒸。民今方殆，視天夢夢⑨。既克有定，靡人弗勝⑩。有皇上帝⑪，伊誰云憎？

註釋

⑦ 惸惸即煢煢，孤獨貌。
⑧ 祿，指維持生活之資。
⑨ 夢夢，不明。
⑩ 靡人弗勝，言無人不為天所勝。表示作者仍然對天寄予希望。
⑪ 有皇，猶「皇皇」，大。上帝，指天的主宰。

白話語譯

我獨自憂心難排，想來我真是命乖。
多少無辜的百姓，也要淪作奴才。
可憐這些人啊，哪兒能安身度命？
看那些烏鴉飛來，息向誰家的屋頂？

看那大樹林中，一切都成薪柴。
人民處境危殆，恨老天夢眼不開。
等到天心有了定準，誰也不能和它爭勝。
偉大的主宰之神，你憎恨的是哪一種人？

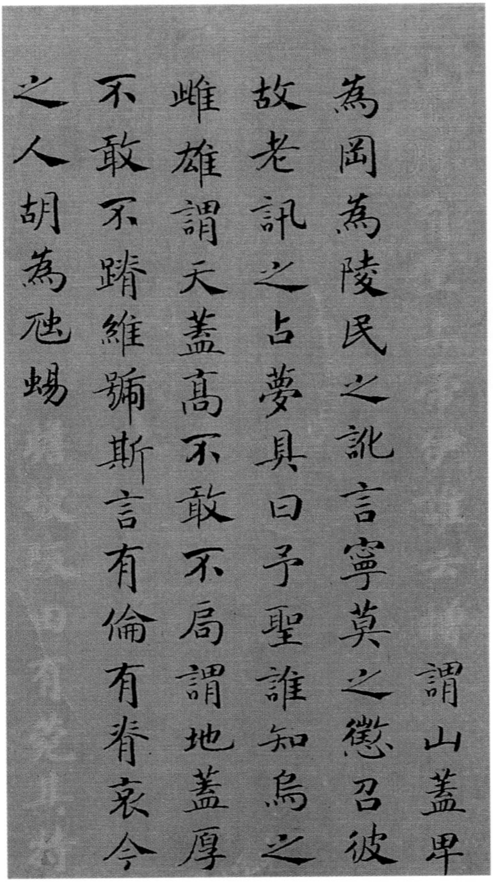

原詩

謂山蓋⑫卑？為岡為陵。民之訛言，寧莫之懲⑬。召彼故老，訊之占夢。具曰予聖，誰知烏之雌雄？

謂天蓋高？不敢不局⑭。謂地蓋厚？不敢不蹐⑮。維號斯言，有倫有脊⑯。哀今之人，胡為虺蜴⑰。

註釋

⑫ 蓋，讀為「盍」，猶「何」。下同。

⑬ 寧，猶「乃」。懲，止。

⑭ 局，或作「跼」，屈曲不伸。

⑮ 蹐，小步。不敢不蹐言輕輕下腳，不敢放步。

⑯ 倫，理。脊，《春秋繁露》引作「跡」。跡，道理。

⑰ 蜴，蜥蜴。虺蜴見人就逃避，用來比人的局蹐。

白話語譯

誰說高山已經不高？岡陵還不是岡陵。
民間謠言傳播，居然不能查禁。
把故老請來詢問，再請教占卜的人。
他們人人自誇高明，烏鴉的雌雄誰能辨認？

無論天是怎樣高，人還是不敢直腰。
無論地是怎樣大，人的腳步不敢不小。
該把這名言宣告，它真是有理有道。
為何現在的人民，像虺蜴東奔西逃。

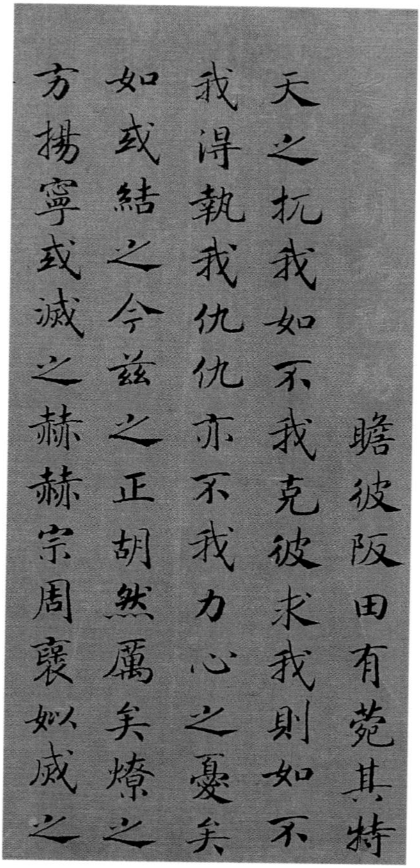

原詩

瞻彼阪田，有菀其特⑱。天之机我⑲，如不我克。彼求我則，如不我得。執我仇仇⑳，亦不我力。

心之憂矣，如或結之。今茲之正㉑，胡然厲矣？燎之方揚㉒，寧或滅之。赫赫宗周㉓，褒姒滅之。

褒姒與「烽火戲諸侯」

西周時為了防禦西戎，曾築烽火台，一旦西戎入侵就點起烽火，作為信號，諸侯見火，即派兵增援。傳説周幽王妃褒姒，姿色美麗，王百般寵愛，為博一笑，聽信讒言，點燃烽火。各路諸侯急忙趕來增援，卻見周幽王正和褒姒在此尋歡，諸侯們憤然而歸。後來西戎入侵，周幽王再度點燃烽火，諸侯們無人理睬，孤立無助的周幽王被殺，西周滅亡。這就是歷史上著名的「周幽王烽火戲諸侯」、「褒姒一笑失天下」的故事。

註釋

⑱ 菀，茂盛之貌。特，獨特。
⑲ 杌，搖動。我，作者自稱。
⑳ 仇仇，緩持。
㉑ 正，政。
㉒ 燎，放火燒草木。揚，盛。
㉓ 宗周，指鎬京，今陝西省長安縣西南。

白話語譯

瞧那坡上的田裏，有棵特出的壯苗。
天把我使勁搖撼，惟恐壓我不倒。
那人徵求我時，生怕不能得到。
他只是鬆鬆地揑着，我出力他卻不要。

我心裏痛苦，像繩子打了個扣。
今天的政事，為何這樣糟透？
野火燒得旺時，有人把它澆熄。
宗周正在盛時，褒姒把它毀滅。

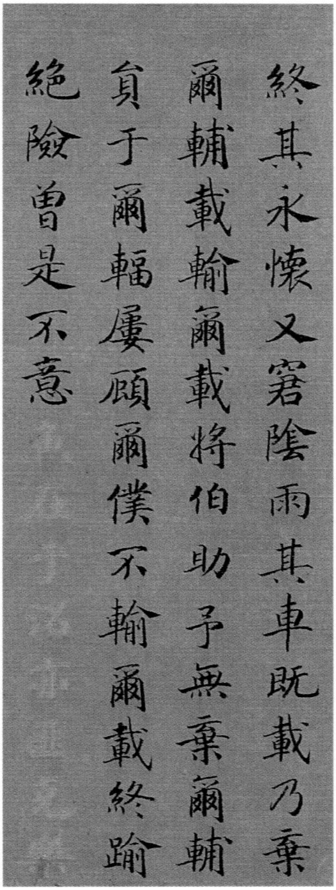

原詩

終其永懷㉔，又窘陰雨。其車既載，乃棄爾輔㉕。載輸爾載㉖，將伯㉗助予。

無棄爾輔，員於爾輻㉘。屢顧爾僕㉙，不輸爾載。終踰絕險，曾是不意。

註釋

㉔ 終，既。永懷，長憂。

㉕ 輔，大車載物時用來夾持所載物的板。用來比喻國家輔佐之臣。

㉖ 載輸爾載，上「載」字是語助詞。下「載」字是指所載之物。輸，墮。

㉗ 將，音「槍」，願請。伯，對男子的泛稱。

㉘ 員，增益，就是加大。輻，古讀如「逼」。

㉙ 顧，言照顧。僕，指御車者。

白話語譯

我既是經常憂慮，又像是苦遭陰雨。
那車子把貨物裝滿，卻把那夾板丟去。
等貨物傾倒墜落，才叫喊「老兄相助」。
不要丟棄你的夾板，你的車輻需要加固。
對趕車的要多照顧，才不會損失貨物。
險關本來有法度過，這些你卻不加考慮。

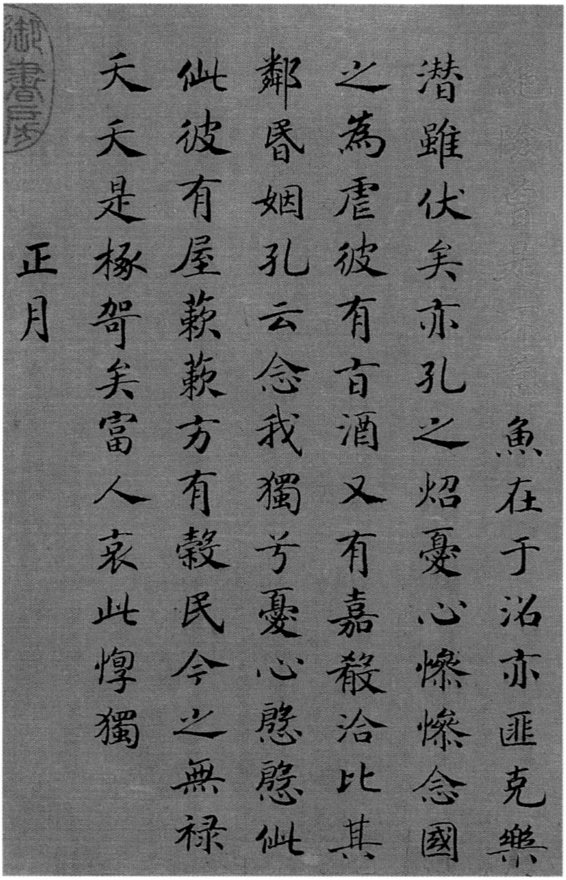

原詩

魚在於沼，亦匪克樂。潛雖伏矣，亦孔之炤㉚。憂心慘慘㉛，念國之為虐。

彼有旨酒，又有嘉殽。洽比㉜其鄰，婚姻孔云。念我獨兮，憂心慇慇。

佌佌㉝彼有屋，蔌蔌㉞方有穀。民今之無祿，天夭是椓㉟。哿㊱矣富人，哀此惸獨！

註釋

⑳ 炤，《中庸》引作「昭」，明白。
㉛ 慘，讀作「懆」，不安。
㉜ 洽，和諧。比，親近。
㉝ 仳，音「此」，小貌。
㉞ 蔌，陋貌。
㉟ 夭，災禍。椓，音「卓」，打擊。
㊱ 音「可」，喜樂。

白話語譯

魚兒身在池沼，也不能夠快樂。
雖然在深處躲藏，仍然會被人看到。
我心上惶惶不安，忘不了朝政的殘暴。

他有美酒，又有美餚。
和鄰人結交，對親戚討好。
想到我的孤立，真是憂心如擣。

猥瑣的人都有房，鄙陋的人都有糧。
百姓們空着肚腸，老天爺降下災殃。
財主們過得快樂，孤苦人只有哀傷！

小雅・十月之交

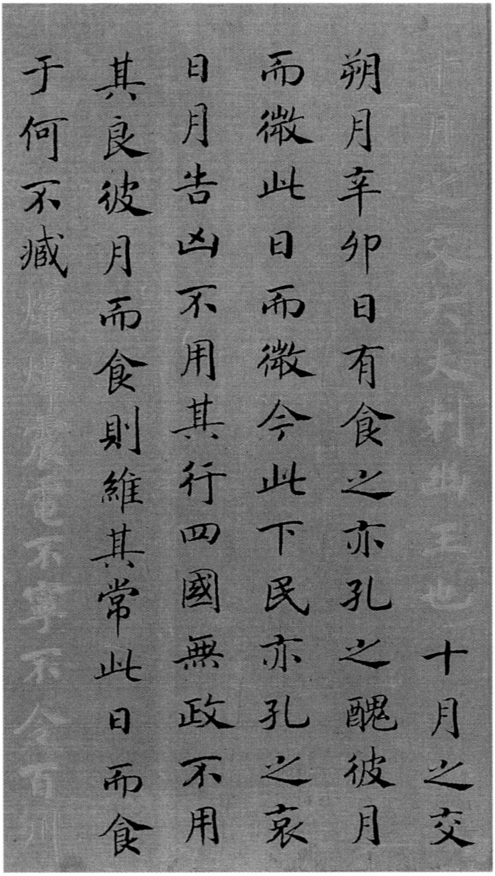

原詩

十月之交①，朔日辛卯②。日有食之，亦孔之醜。彼月而微③，此日而微。今此下民，亦孔之哀。

日月告凶，不用其行④。四國⑤無政，不用其良。彼月而食，則維其常。此日而食，於何不臧⑥。

詩句導賞

這是一首諷刺周幽王的詩。第一章寫日食的景象。第二章寫日月之蝕是由於失政的緣故。第三章寫日食發生時地震和雷電交織的景象。第四章寫朝政之腐敗，小人當政，艷妻得寵。第五章寫人們為皇父築城毀廢田宅而發出的憤怒。第六章寫皇父自營私邑，貪婪多藏的情況。第六章抒寫作者奮勉王事卻遭讒言的苦悶心情。這首詩反映了西周末年周幽王寵愛褒姒及自然災害頻發等天災人禍而引起的尖銳社會矛盾。

註釋

① 十月，指周曆十月，即夏曆八月。交，即剛進入十月。詩中日食發生於周幽王六年，即公元前776年9月6日，是世界上年月日可以稽考的最早的一次日食記錄。
② 朔，夏曆每月初一稱朔。辛卯，古人以干支紀日，初一稱為辛卯日。
③ 月，月亮。微，昏暗無光。指月食。
④ 不用，不由，不遵循。行，音「航」，常軌，正道。
⑤ 四國，四方，意指全國，全天下。
⑥ 於何，奈何。不臧，大不吉利。臧，善。

白話語譯

九月剛過十月到，初一早上辰時交。
忽然太陽又蝕了，這種天象是凶兆。
不久之前方月蝕，今日日蝕更糟糕。
如今天下老百姓，大難臨頭真堪悼。

日月顯示災難兆，不再遵循常軌道，
到處沒有好政治，賢臣良才全不要。
上次月亮被吞食，還算平常屢見到。
太陽遭蝕了不得，壞事臨頭怎麼好！

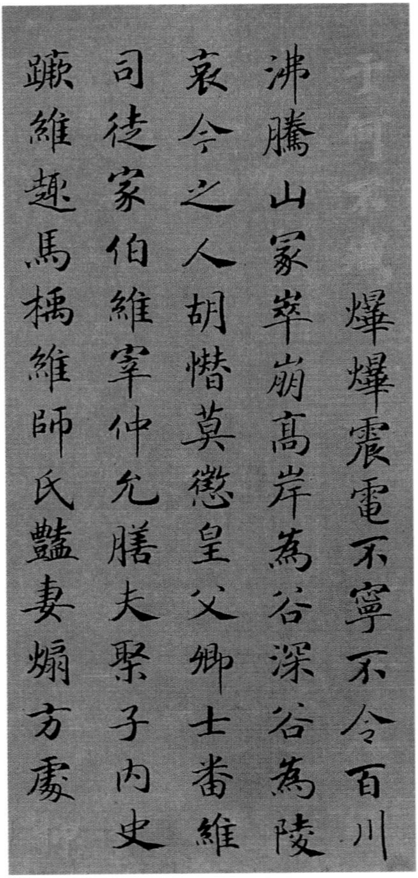

原詩

爗爗震電，不寧不令。百川沸騰，山冢崒崩。高岸為谷，深谷為陵。哀今之人，胡憯莫懲。

皇父卿士⑦，番維司徒⑧。家伯維宰⑨，仲允膳夫⑩。聚子內史⑪，蹶維趣馬⑫，楀維師氏⑬，豔妻煽方處。

十月的日食

註釋

⑦ 皇父，人名。卿士，官名，掌管朝政。
⑧ 番，音「婆」，姓氏。司徒，官名，掌握國家的土地和人民。
⑨ 家伯，人名。宰，官名，掌管王室內部事物。
⑩ 仲允，人名。膳夫，掌管王的飲食。
⑪ 聚，音「鄒」，聚子，人名。內史，掌管爵祿、賞罰等。
⑫ 蹶，音「貴」，姓氏。趣馬，官名，掌管王的馬匹。
⑬ 楀，音「舉」，姓氏。師氏，官名，掌管監察之職。

白話語譯

電光閃閃雷轟鳴，政治黑暗民不寧。
大小江河齊沸騰，山峰倒塌亂石崩。
高山剎那變深谷，深谷頓時變丘陵。
可恨如今掌權人，何曾引以為教訓！

六卿之首是皇父，樊氏當上大司徒。
朝廷典籍家伯掌，仲允管的是御廚。
聚子充當內史官，蹶父養馬管放牧。
還有楀氏算監察，都同褒姒很熱乎。

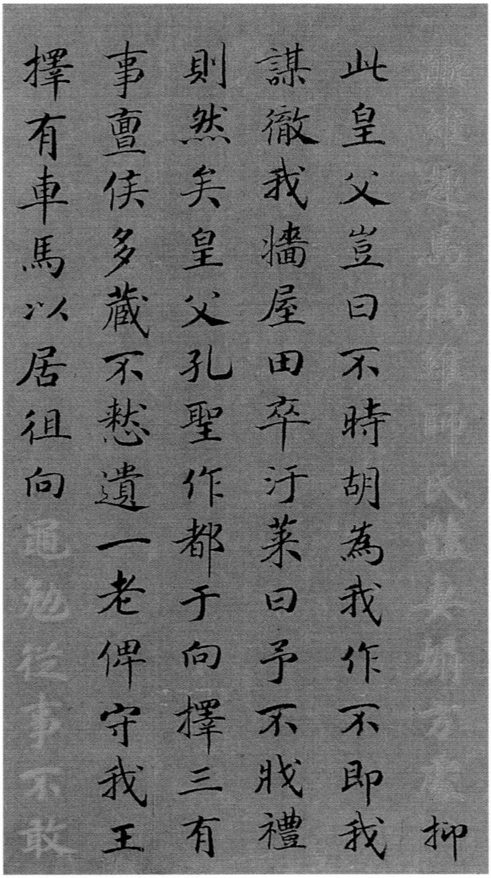

原詩

抑此皇父，豈曰不時。胡為⑭我作，不即我謀？徹我牆屋，田卒汙萊⑮。曰予不戕⑯，禮則然矣。

皇父孔聖，作都於向⑰。擇三有事，亶侯多藏⑱。不憖⑲遺一老，俾守我王。擇有車馬，以居徂向。

註釋

⑭ 為何，為甚麼。

⑮ 卒，完全。汙，音「烏」，水池壅塞不通。萊，草名。這裏泛指野草。

⑯ 戕，音「槍」，殘害。

⑰ 作，修建。向，地名。

⑱ 亶，音「膽」，的確，實在。侯，是。藏，積蓄，聚斂。多藏，有很多財物。

⑲ 憖，音「印」，願，肯。

白話語譯

提起皇父叫人氣，硬說他沒違農時，
為啥派我服勞役，也不商量就通知。
我家牆屋被拆毀。我家田園全荒弛。
還說「不是我害你，照章辦事該如此。」

這位皇父太高明，要在向邑建都城。
選中大官有三個，錢財多得數不清。
不肯留下一老臣，讓他保王衛宮廷。
看中富家有車馬，遷往向邑結伴行。

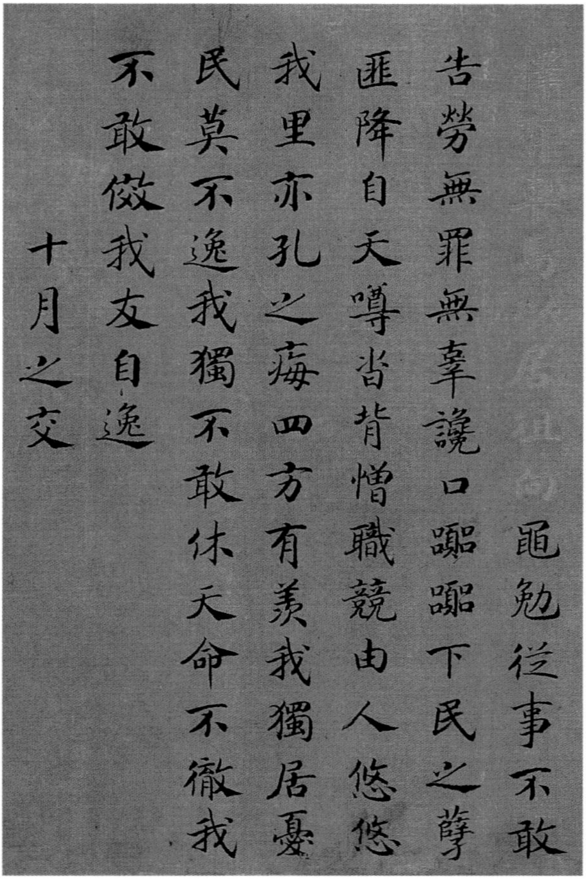

原詩

黽⑳勉從事，不敢告勞。無罪無辜，讒口囂囂。下民之孽，匪降自天。噂沓背憎㉑，職競㉒由人。

悠悠我里㉓，亦孔之痗㉔。四方有羨㉕，我獨居憂。民莫不逸，我獨不敢休。天命不徹㉖，我不敢傚我友自逸。

註釋

⑳ 音「敏」，努力，竭盡全力。

㉑ 相對談笑，背則相憎。噂，音「尊」。

㉒ 專力爭做。

㉓ 悠，憂思。里，《爾雅》引作「悝」，病。

㉔ 痗，音「妹」，心病。

㉕ 羨，寬裕。

㉖ 不徹，不公平。此句是說上天不公平。

白話語譯

盡力服役為王事，不敢訴苦不敢怨。
沒犯過錯沒犯罪，眾口誹謗難分辯。
百姓遭受大災難，不是老天不長眼。
當面談笑背後罵，都是壞人在誣陷。

苦惱煩悶恨悠悠，恰似大病在心頭。
看看別家很富裕，獨我一人在憂愁。
人們生活都安逸，我獨不敢片刻休。
天道無常難預測，不敢學人圖享受。

周頌・載芟

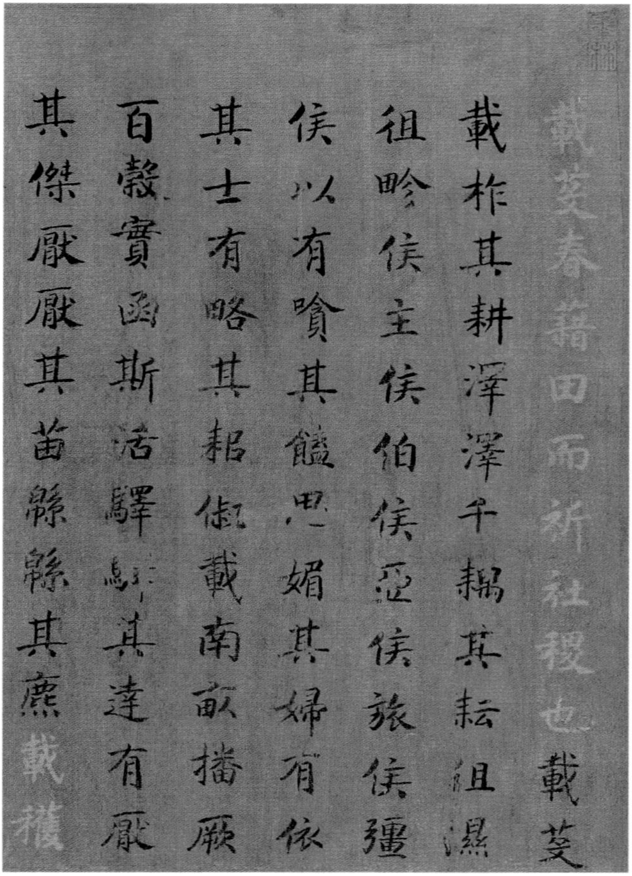
載芟春藉田而祈社稷也
載芟
載柞其耕澤澤千耦其耘徂隰
徂畛侯主侯伯侯亞侯旅侯彊
侯以有嗿其饁思媚其婦有依
其士有略其耜俶載南畝播厥
百穀實函斯活驛驛其達有厭
其傑厭厭其苗綿綿其麃
載穫

原詩

載芟載柞①，其耕澤澤②。千耦其耘，徂隰徂畛③。侯主侯伯④，侯亞侯旅，侯強侯以。有嗿其饁，思媚其婦。有依其士，有略其耜⑤。俶載南畝，播厥百穀。實函斯活，驛驛其達。有厭其傑⑥，厭厭其苗。綿綿其麃⑦。

戰國時期的耒耜

註釋

① 芟，除草。柞，音「窄」，除木。
② 澤澤，音「釋釋」，解散。
③ 隰，低濕之地，即指田地所在。畛，音「珍」，去田間的草。
④ 侯，語助詞。主，家長。伯，長子。下句中的「亞」指長子以次的諸子，「旅」指更幼的一輩。
⑤ 略，鋒利。耜，農具名，用來插地起土。其柄名為耒。
⑥ 厭，飽滿。傑，先長特出的苗。
⑦ 綿綿，詳密。麃，音「標」，除禾苗之間的草，是耘的別名。

白話語譯

除草又除雜樹，接着耕田鬆土。
千雙農夫鋤草，走向低田小路。
家主和他的長男，跟着許多子弟，個個都是好漢。
送飯的説説笑笑，婦女人人美好。
男子幹勁旺盛，犁鍬鋒利有刃。
開始耕種南畝。播下各種禾穀。
種子生氣內蓄，苗兒連續出土。
傑出的苗兒特美，一般的整整齊齊。薅草頻繁細密。

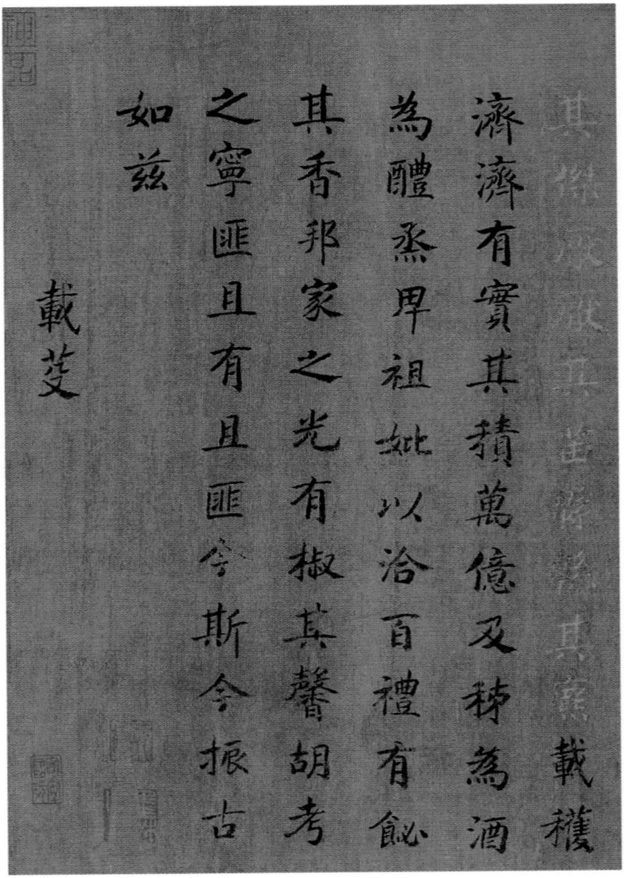

原詩

載穫濟濟，有實其積，萬億及秭。為酒為醴⑧，烝⑨畀祖妣，以洽百禮。有飶⑩其香。邦家之光。有椒其馨，胡考之寧⑪。匪且有且⑫，匪今斯今，振古⑬如茲。

註釋

⑧ 醴，甜酒。

⑨ 進奉。

⑩ 飶，音「必」，本字為「苾」，芬芳，用草木的馨香比喻酒醴的馨香。

⑪ 胡，壽。考，老。胡考安寧和邦家光大都是說因祭祀合禮而得福。

⑫ 不敢指望這樣的豐收而竟有這樣的豐收。匪，音「非」。且，音「租」。

⑬ 振，起。振古，猶言「由古」。

白話語譯

收穫累累眾多，眾多糧食堆積，堆積千億萬億。

用來釀造酒醴，奉祭先祖先妣，供應各種祭禮。

祭筵酒氣芬芳，邦家光大盛昌。

酒香伴着椒香，老人長壽安康。

這景象超過希望，有今天何曾料想，自古以來就是這樣。

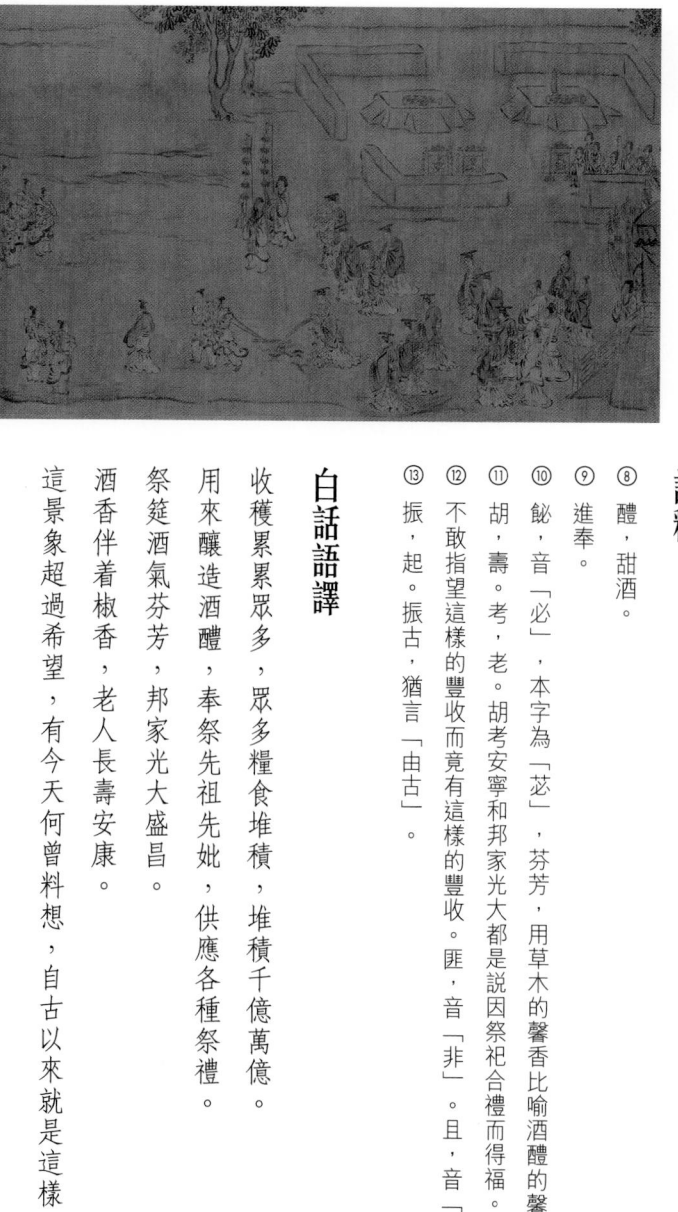

周頌・良耜

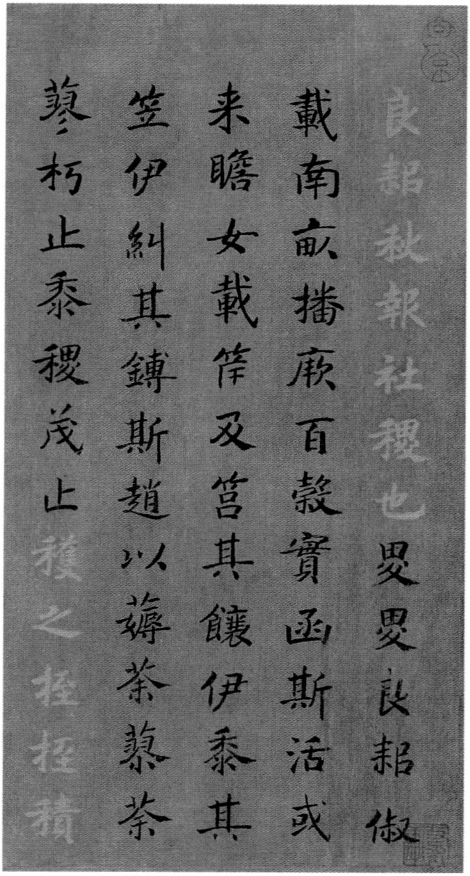

原詩

畟畟①良耜，俶載南畝。播厥百穀，實函斯活。或來瞻女②，載筐及筥③，其饟伊④黍。其笠伊糾⑤，其鎛斯趙⑥，以薅荼蓼⑦。荼蓼朽止，黍稷茂止。

註釋

①畟，音「側」，耜深耕入土之貌。
②瞻，視。女，即「汝」，對耕者而言。
③筥，圓筐。
④饟，音「向」，同「餉」，將食物給人叫做「餉」。伊，猶「是」。
⑤糾，猶「糾糾」。繩索纏結繚繞之狀。
⑥鎛，音「博」，農具名，用來除草。趙，刺，言刺土去草。
⑦薅，音「蒿」，拔除田草為薅。「荼」，陸地穢草。蓼，水田穢草。

白話語譯

犁頭嚓嚓入土，南田耕種初忙。
播下多種禾穀，顆顆活力涵藏。
有人前來看望，拿着方筐圓筐，送來熱飯黃粱。
笠子草繩繚繞，鋤具正把土削，薅除水陸雜草。
雜草全部爛掉，黍子稷子並茂。

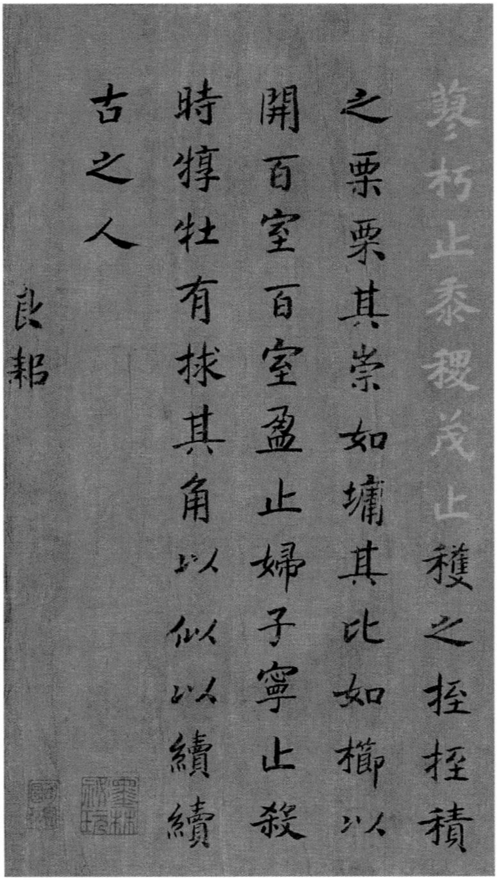

原詩

穫之挃挃⑧，積之栗栗⑨，其崇如墉，其比如櫛⑩，以開百室。百室盈止，婦子寧止。殺時犉⑪牡，有捄其角⑫。以似⑬以續，續古之人⑭。

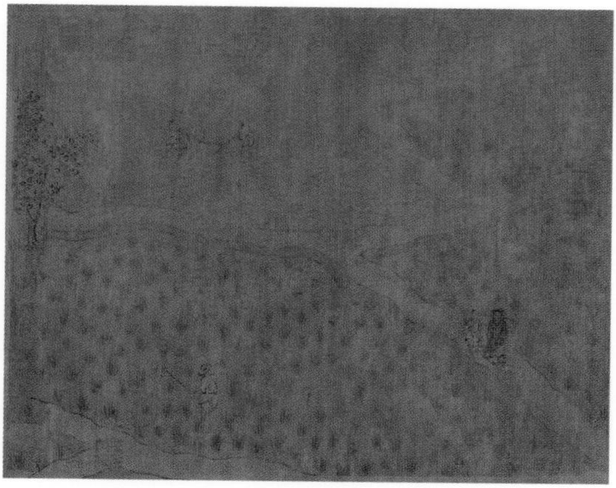

收割農糧

註釋

⑧ 挃挃，音「至」，割取禾穗的聲音。

⑨ 栗栗，眾多。

⑩ 比，排列迫近。櫛，理髮器，梳篦總名。

⑪ 時，猶「是」。犉，七尺的牛。

⑫ 捄，音「求」，角上曲而長之貌。

⑬ 似，嗣續。

⑭ 古之人，指先祖。言先祖於秋收之後常舉行這種祭典，現在正是嗣續古人。

白話語譯

刷刷地收割，多多地堆積，
堆得牆一般高，梳篦一般密，上百的倉屋開啟。
倉屋裝滿了，婦女兒童得到休息。
宰牛獻到祭壇，長角向上彎彎。
這祭禮延續久遠，自古代代相傳。

四

吟「風」詠情

周南・關雎

原詩

關關雎鳩，在河之洲。窈窕淑女，君子好逑。
參差荇菜，左右流之。窈窕淑女，寤寐求之。
求之不得，寤寐思服。悠哉悠哉，輾轉反側。
參差荇菜，左右採之。窈窕淑女，琴瑟友之。
參差荇菜，左右芼之。窈窕淑女，鐘鼓樂之。

關雎在河之洲（《海上名家繪畫．花鳥圖屏》）

白話語譯

魚鷹兒關關和唱，在河心小小舟上。
好姑娘苗苗條條，哥兒想和她成雙。
水荇菜長短不齊，採荇菜左右東西。
好姑娘苗苗條條，追求她直到夢裏。
追求她成了空想，睜眼想閉眼也想。
夜長長相思不斷，盡翻身直到天光。
長和短水邊荇菜，採荇菜左採右採。
好姑娘苗苗條條，彈琴瑟迎她過來。
水荇菜長長短短，採荇人左揀右揀。
好姑娘苗苗條條，娶她來鐘鼓喧喧。

召南·野有死麕

原詩

野有死麕，白茅包之。有女懷春，吉士誘之。
林有樸樕，野有死鹿。白茅純束，有女如玉。
「舒而脫脫兮！無感我帨兮！無使尨也吠！」

白話語譯

死獐子撂在荒郊，白茅草把它來包。
姑娘啊心兒動了，小伙子把她來撩。
森林裏砍倒小樹，野地裏躺着死鹿，
茅草索一起捆住，姑娘啊像塊美玉。
「慢慢兒來呀，悄悄地來啊！
我的圍裙可別動！
別惹得狗兒叫起來啊！」

有女如玉（《海上名家繪畫·姚大梅詩意圖冊》）

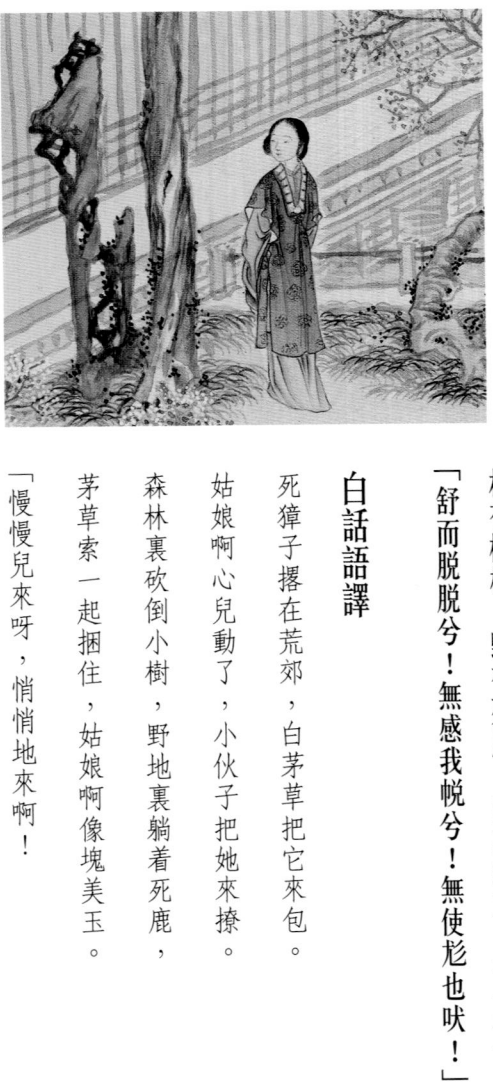

衛風・木瓜

鮮桃（《海上名家繪畫・花卉圖冊》）

原詩

投我以木瓜，報之以瓊琚。匪報也，永以為好也。
投我以木桃，報之以瓊瑤。匪報也，永以為好也。
投我以木李，報之以瓊玖。匪報也，永以為好也。

白話語譯

她送我木瓜，我拿佩玉來報答。
不是來報答，表示永遠愛着她。
她送我鮮桃，我拿佩玉來還報。
不是來還報，表示和她長相好。
她送我李子，我拿佩玉做回禮。
不是做回禮，表示和她好到底。

衛風・碩人

原詩

碩人其頎，衣錦褧衣。齊侯之子，衛侯之妻。
東宮之妹，邢侯之姨，譚公維私。

手如柔荑，膚如凝脂，領如蝤蠐，齒如瓠犀，
螓首蛾眉，巧笑倩兮，美目盼兮。

碩人敖敖，說於農郊。四牡有驕，朱幩鑣鑣。
翟茀以朝。大夫夙退，無使君勞。

河水洋洋，北流活活，施罛濊濊，鱣鮪發發。
葭菼揭揭，庶姜孽孽，庶士有朅。

美目盼兮（《晉唐兩宋繪畫人物風俗·洛神賦圖》）

白話語譯

那個美人個兒高高，錦衣上穿着罩衣。
她是齊侯的女兒，衛侯的嬌妻，
東宮的妹子，邢侯的小姨，譚公就是她的妹婿。
她的手像茅草的嫩芽，皮膚像凝凍的脂膏，
嫩白的頸子像蝤蠐一條，她的牙齒像瓠瓜的子兒，
方正的前額彎彎的眉毛，輕巧的笑流動在嘴角，
那眼兒黑白分明多麼美好。
那美人個兒高高，她的車停在近郊。
四匹公馬多麼雄壯，馬嘴邊紅綢飄飄。
坐車來上朝，車後掛滿野雞毛。
貴官們早早退去，不教那主子操勞。
那黃河黃水洋洋，黃河水嘩嘩流淌，
魚網兒撒向水裏呼呼響，潑喇喇黃魚鱔魚都在網。
河邊上蘆葦根根高聳，姜家的婦女個個頎長，
那些武士們個個軒昂。

雲月幽思（《海上名家繪畫．雲月幽思圖扇》）

陳風．月出

原詩

月出皎兮，佼人僚兮，舒窈糾兮。勞心悄兮。
月出皓兮，佼人懰兮，舒懮受兮。勞心慅兮。
月出照兮，佼人燎兮，舒夭紹兮。勞心慘兮。

白話語譯

月兒出來亮晶晶啊，照着美人兒多麼俊啊，
安閒的步兒苗條的影啊。我的心兒不安寧啊。
月兒出來白皓皓啊，照着美人兒多麼俏啊，
安閒的步兒靈活的腰啊。我的心兒突突地跳啊。
月兒高掛像燈盞啊，美人兒身上銀光滿啊，
腰身柔軟腳步兒閒啊。我的心上浪濤翻啊。

鄭風・子衿

悠悠我思（《海上名家繪畫・仕女圖扇》）

原詩

青青子衿，悠悠我心。縱我不往，子寧不嗣音？
青青子佩，悠悠我思。縱我不往，子寧不來？
挑兮達兮，在城闕兮。一日不見，如三月兮！

白話語譯

青青的是你的長領襟，悠悠的是想念你的心。
縱然我不曾去找你，難道你從此斷音信？
青黝黝是你的佩玉帶，心悠悠是我把相思害。
縱然我不曾去找你，難到你不能自己來？
走去走來多少趟啊，在這高城望樓上啊。
一天不見哥的面，好像三個月兒那麼長啊！

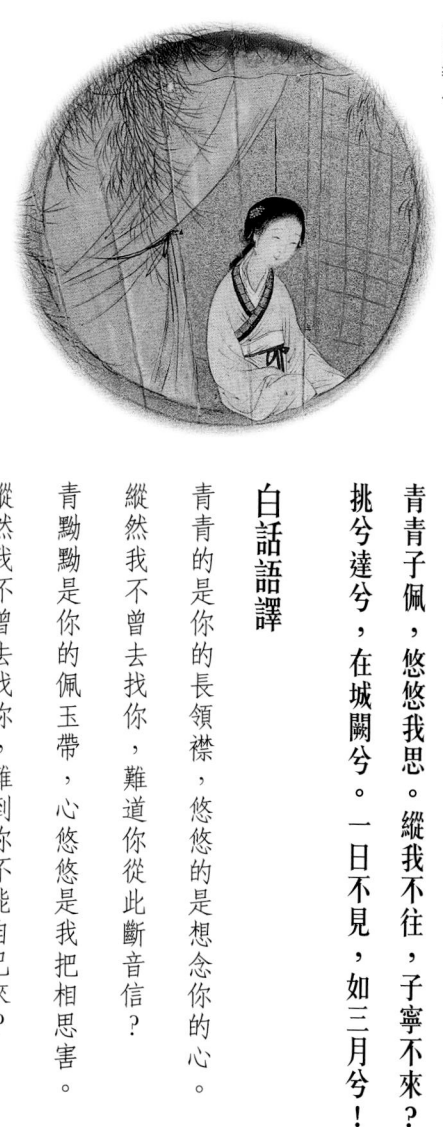

秦風・蒹葭

原詩

蒹葭蒼蒼，白露為霜。所謂伊人，在水一方。
溯洄從之，道阻且長。溯游從之，宛在水中央。
蒹葭萋萋，白露未晞。所謂伊人，在水之湄。
溯洄從之，道阻且躋。溯游從之，宛在水中坻。
蒹葭采采，白露未已。所謂伊人，在水之涘。
溯洄從之，道阻且右。溯游從之，宛在水中沚。

在水一方（《海上名家繪畫．姚大梅詩意圖冊》）

白話語譯

蘆花兒一片白蒼蒼，清早露水變成霜。
心上人兒他在哪，人兒正在水那方。
逆着曲水去找他，繞來繞去道兒長。
逆着直水去找他，像在四邊不着水中央。
蘆花一片白翻翻，露水珠兒不曾乾。
心上人兒他在哪，那人正在隔水灘。
逆着曲水去找他，越走越高道兒難。
逆着直水去找他，像在小小洲上水中間。
一片蘆花照眼明，太陽不出露水新。
心上人兒他在哪，隔河對岸看得清。
逆着曲水去找他，曲曲彎彎道兒擰。
逆着直水去找他，好像藏身小島水中心。

附錄：中國古代書法發展概況表

時代	發展概況	書法風格	代表人物
原始社會	在陶器上有意識地刻畫符號。		
殷商	文字已具有用筆、結體和章法等書法藝術所必備的三要素，主要文字是甲骨文，開始出現銘文。	商朝的甲骨文刻在龜甲、獸骨上，記錄占卜的內容，又稱卜辭。筆畫粗細、方圓不一，但遒勁有力，富有立體感。	
先秦	鑄刻在青銅器上的金文盛行。	金文又稱鐘鼎文，字型帶有一定的裝飾性。受當時社會因素影響，出現書不同文的現象。雖然使用不方便，但使得文字呈現出多種多樣的風格。	
秦	秦統一六國後，文字也隨之統一。官方文字是小篆。	小篆形體長方，用筆圓轉，結構勻稱，筆勢瘦勁俊逸，體態寬舒，主要用於官方文書、刻	李斯、趙高、胡毋敬、程邈等。

漢	漢代通行的字體約有三種，篆書、隸書和草書。其中隸書是漢代的主要書體。	西漢篆書由秦代的圓轉逐漸趨向方正，東漢篆書體勢方圓結合，用筆遒勁。 隸書筆畫中出現了波磔，提按頓挫、起筆止筆，表現出蠶頭燕尾波勢的特色。 草書中的章草出現。	史游、曹喜、崔寔、張芝、蔡邕等。
魏晉	書體發展成熟時期。各種書體交相發展，在隸書的基礎上，演變出楷書、草書和行書。書法理論也應運而生。	楷書又稱真書，凝重而嚴整；行書靈活自如，草書奔放而有氣勢。出現劃時代意義的書法大家鍾繇和「書聖」王羲之。	鍾繇、皇象、索靖、陸機、王羲之、王獻之等。
南北朝	楷書盛行時期。北朝出現了許多書寫、鐫刻造像、碑記的書法家。南朝仍籠罩在「二王」書風的影響下。	北朝的碑刻又稱北碑或魏碑，筆法方整，結體緊勁，融篆、隸、行、楷各體之美，形成雄偉渾厚的書風。	羊欣、范曄、蕭衍、陶弘景、崔浩、王遠等。

時代	發展概況	書法風格	代表人物
隋	隋代立國短暫，書法臻於南北融合，雖未能獲得充分的發展，但為唐代書法起了先導作用。	隋代碑刻和墓誌書法流傳較多。隋碑內承周、齊峻整之緒，外收梁、陳綿麗之風，結體或斜畫豎結，或平畫寬結，淳樸未除，精能不露。	智永、丁道護等。
唐	中國書法最繁盛時期。楷書在唐代達到頂峰，名家輩出。行書入碑，拓展了書法的領域。盛唐時的草書清新博大、放縱飄逸，其成就超過以往各代。	唐代書法各體皆備，並有極大發展，歐體書法度嚴謹，雄深雅健；褚體清勁秀穎；顏體結體豐茂，莊重奇偉；柳體遒勁圓潤，楷法精嚴。張旭、懷素狂草如驚蛇走虺，張雨狂風。	虞世南、歐陽詢、褚遂良、薛稷、李邕、張旭、顏真卿、柳公權、懷素等。
五代十國	書法上繼承唐末餘緒，沒有新的發展。	書法以抒發個人意趣為主，為宋代書法的「尚意」奠定了基礎。	楊凝式、李煜、貫休等。
宋	北宋初期，書法仍沿襲唐代餘波，帖學大行。	刻帖的出現，一方面為學習晉唐書法提供了楷模和範本，一	蘇軾、黃庭堅、米芾、蔡襄、趙佶、張即之等。

		方面對行書的迅速發展和尚意書風的形成，起了推動作用。	
元	元代對書法的重視不亞於前代，書法得到一定的發展。	元代書法初受宋代影響較大，後趙孟頫、鮮于樞等人，提倡師法古人，使晉、唐傳統法度得以恢復和發展。	趙孟頫、鮮于樞、鄧文原等。
明	明代書法繼承宋、元帖學而發展。眾多書法家都是由宋元入晉唐，取法「二王」，也有部分書家法古開新，表現出鮮明個性。	明初書法沿襲元代傳統，尚未形成特色。江南地區的蘇、杭等地成為經濟和文化中心，文人書法抬頭。書法在繼承傳統基礎上更講求形式美和抒發個人情懷。晚期狂草盛行，湧現出許多風格獨特、成就卓著的書法家。	宋克、沈度、沈粲、解縉、祝允明、文徵明、王寵、董其昌、張瑞圖、黃道周、倪元璐等。
清	突破宋、元、明以來帖學的樊籠，開創了碑學。書法中興，書壇活躍，流派紛呈。	清代碑學在篆書、隸書方面的成就，可與唐代楷書、宋代行書、明代草書相媲美，形成了雄渾淵懿的書風。	王鐸、傅山、朱耷、冒襄、劉墉、鄭燮、金農、鄧石如、包世臣等。

書中《詩經》註解和譯文原載余冠英《詩經選》，由人民文學出版社授權轉載。

詩經

出版人：陳萬雄
顧問：朱誠如
總策劃：張倩儀　毛永波
編者：商務印書館編輯出版部
責任編輯：楊克惠
封面設計：張　毅
出版：商務印書館（香港）有限公司
香港筲箕灣耀興道三號東滙廣場八樓
http://www.commercialpress.com.hk
發行：香港聯合書刊物流有限公司
香港新界大埔汀麗路三十六號中華商務印刷大廈三字樓
印刷：中華商務彩色印刷有限公司
香港新界大埔汀麗路三十六號中華商務印刷大廈
版次：二〇一〇年八月第三次印刷

ISBN 978 962 07 4418 1
Printed in Hong Kong

請貼
郵票

香港筲箕灣
耀興道 3 號
東滙廣場 8 樓
商務印書館(香港)有限公司
顧客服務部收